本所深川奉行所
お美世のあやかし事件帖

久真瀬敏也

宝島社
文庫

本所深川奉行所
お美世のあやかし事件帖

目次

本所深川奉行所　お美世のあやかし事件帖

序　妖怪の仕業じゃあございません

本所《ほんじょ》の町が、夏を迎える。

夏至を過ぎた頃からそわそわしていた江戸《えど》の町人たちは、今晩、競うように大川《おおかわ》へと集まっていた。

川の両岸には、茶屋に料理屋、見世物小屋などが並び、水上にも屋根船《やねぶね》などの納涼船が浮かんでいる。とりわけ、この両国橋《りょうごくばし》の上は、身動き一つとるのも苦労するほど大勢の人で溢《あふ》れかえっている有様だった。

五月二八日は、両国の川開き、そして、花火の夜なのだ。

その謂《いわ》れは、八代将軍・徳川吉宗《とくがわよしむね》公が、飢饉《ききん》や疫病による死者の魂を癒やすために水神祭《すいじんさい》を執り行い、その際に花火も上げられていたのが始まりなのだとか。

それも今となっては、両国橋を挟んで上流側に陣取る玉屋《たまや》と、下流側に陣取る鍵屋《かぎや》とで、どちらの技術が優れているかを競い合っているようにしか見えないのだけど。

そんな人々の熱気に押されたかのように、今日の空は、五月雨《さみだれ》をもたらす雲も寄せ付けない、絶好の花火日和となっていた。

この日ばかりは、子供たちも蛍狩りを早めに切り上げ、大川沿いに集まっている。蛍よりも眩《まばゆ》い光に誘い込まれるように。

提灯《ちょうちん》を持って集まる人々の姿を遠目に見れば、それこそまるで蛍のようにも見える。もっとも、大川に集まった者たちは、あまりの混雑ぶりに、動き回ることもできなくなっている。空を自由に飛び回れる蛍とは、えらい違いだ。

特に両国橋は、弓なりの橋の上から花火が見られることもあって、本所の側からも両国広小路《ひろこうじ》の側からも人が押し寄せてきている。対岸に渡るのはおろか、もと来た側へ戻ることも難しい。

……袖振り合うも他生《たしょう》の縁、とは言うけれど、これじゃあどれほど深い縁が刻み込まれているのやら。

人と人との隙間《すきま》を何とか抜けながら、そして幾度となくぶつかりつつ、美世《みよ》は心の中で呟《つぶや》いた。

ふいに、咎《とが》めるような声が美世の耳に届いた。

「痛っ。いま誰か俺のことを蹴りやがったな？」

美世と連れ立って花火を見に来ていた、詠《よみ》の声だ。

だが、声はすれども姿は見えず。小柄な詠は、完全に人ごみの中に埋もれていた。

「酷《ひど》いじゃあないか。手当たり次第に転ばせてやろうか」

詠は恨みがましく吐き捨てたが、道行く人々は誰も気にしていない様子で、見向きもしない。花火に向けて、各々の仲間と話すことに夢中になっているようだった。

「詠、どこに居るの？」と呼びかける。

美世は、努めて気にしていない風を装いながら、「詠、どこに居るの？」と

「詠、落ち着いて」

美世は、どこに居るともわからない詠に向かって声を掛けた。

まるで独り言を呟く少女。美世の近くに居た人が、怪訝《けげん》そうに美世のことを見返してきた。美世は、努めて気にしていない風を装いながら、「詠、どこに居るの？」と呼びかける。

「ここだよ、美世」

うんざりしているような詠の声を頼りに、美世は歩み寄っていく。

その途中、ふと美世の耳に、気になる話が入り込んできた。

「なぁ助六《すけろく》、『窮奇《かまいたち》』っていう妖怪を知ってるか？」

二人の男が、窮奇について話をしていた。

美世は興味をひかれ、足を止めた。思わず「知ってますよ」と声を掛けそうになるのを堪《こら》えつつ、彼らの会話に耳を傾ける。

「喜作《きさく》の話はいつも唐突だなぁ」助六と呼ばれた男が、苦笑交じりに言う。「カマドウマなら知ってるが、カマイタチってのは聞いたことがない。イタチの一種か？　それとも太刀の一種か？」

「どっちかって言ったら、どっちもだな」

「なんだそりゃあ」

「窮奇ってのはな、イタチみたいな姿をしている妖怪らしいんだが、その妖怪のやることが、まさに太刀を振るったような怪我《けが》を負わせるっていう話だ」

「名前にカマが付くのに？　鎌を持ってるんじゃないのか？」

「細けぇことは気にすんな。どっちにせよ、その妖怪のせいで、誰も触れていないはずなのに、こうスパッと腕やら脚やらが斬られちまうんだとよ」

「へぇ、誰も触れていないのにか。そいつは不思議だ」

「誰も触れていないし、近付いてきてすらいない。それこそ、ついさっき窮奇に襲われた奴《やつ》が居たんだが……」

「待て待て。実際に襲われた奴が居るってのか？　しかも、ついさっきだって？」

助六の問いに、喜作は楽しげに口角を上げて、頷《うなず》いた。

「まさに今日の昼間よ。亀戸《かめいど》の天神さまの辺りに、『越野屋《こしのや》』っつう居酒屋があるんだが、そこの一五になる息子の弥太郎《やたろう》が窮奇に襲われて、左腕と左脚を斬られて怪我しちまったんだよ」

「その店なら俺も知ってるぞ。あそこは特に、鯉《こい》料理が安くて旨《うま》い。それこそ、高級な料理茶屋に勝るとも劣らない……まぁ、俺は高級料理茶屋の味なんか知らんから、そういう評判を聞いたってだけなんだが」

冗談めかした助六に、喜作はしかつめらしい表情で言う。

「弥太郎は、白昼この両国橋を歩いて渡っていた最中に、いきなり腕と脚がスパッと斬られちまった。誰も触っていないし、近付いてすらいなかったにもかかわらずだ。何を隠そう、俺が見ている真ん前で、そんなことが起こっちまったんだよ」

「なるほど」助六は息を呑《の》むように声を詰まらせた。「だったら、そりゃアレじゃないか。強い風が吹いて、小石だか葉っぱだかが舞い上がって、それが身体に当たってスパッと切っちまったんだろう?」

助六は、なおも冗談めかしたように言うが、喜作は首を横に振った。

「ところが、そのとき橋の上は凪《な》いでいたんだ。まぁ、川の流れに乗ってそよ風くらいは吹いていたが、小石どころか木の葉一枚も飛ばせないほどだった」

「風じゃないとしたら、虫なんてどうだ? 小さかったのか、それとも速かったのか、いずれにせよ人の目には見えなかったんじゃないか?」

「いいや。そもそも弥太郎の怪我は、けっこう深い傷だった。虫がこすったくらいじゃあ、ああはならない。かなりの血が出ていたから、下手すりゃあ、ここらに血の跡も残ってるんじゃないか?」

「えっ⁉」

喜作の言葉に、助六だけでなく美世も足下を見やった。橋の上は無数のシミや傷が点々としている。それらを見ても、何のシミやら何の傷やら、まったく判《わか》らなかった。

「ともあれ、あとちょっとで筋まで切れちまうほどの傷だったんだ。風や虫なんかじゃあ、ああはならない。間違いなく、何らかの刃物で斬られた傷だったよ」

「なるほど。そいつは確かに奇妙な話だ。何か姿が見えないヤツが居たとしか思えんぞ。それこそ、妖怪の仕業だっていうのか」

「そうとしか思えんよなぁ。何より、怪我をした張本人がそう言ってんのさ。『窮奇に襲われたに違いない。故郷の越後《えちご》から、窮奇が俺に付いてきたんだ』ってな」

男たちはそう言い合って、考えあぐねた様子で黙りこくる。

美世は、そんな二人とすれ違うように歩き出した……だが、そこでふいにクルリと身を翻して、二人に駆け寄っていくと、男たちの行方を遮るように立った。

「ちょっと待ってください。それは、妖怪の仕業じゃあございません」

美世は男たちに声を掛けた。こんな話を聞いてしまった以上は、黙っていられない。

喜作と助六は困惑したように美世を見た。急に目の前で仁王立ちしたと思ったら、会話に入ってきた上、二人の了見を否定してきたのだから、当然と言えば当然だ。

だが美世は、そんな二人の様子なぞ気にも留めずに話を続ける。

「今のお話に出てきた怪我ですが、それは妖怪の仕業ではございません。れっきとした、人間の仕業です」

そう断言する美世に、喜作と助六は顔を見合わせる。

「するってぇと、誰か人間が、弥太郎を斬りつけたってのかい？　誰も近付いていないってのに？」

戸惑いを隠せないまま喜作が聞いた。美世は、ハッキリと頷きを返す。

「よろしいですか。そもそも窮奇は、越後国《えちごのくに》に棲《す》む妖怪です。そのことについては、弥太郎さんの言っていることは正しいのですが、根本からして間違っていることがあります。そもそも、窮奇は涼しい雪国でのみ暮らすことのできる妖怪なのです。この江戸には、まして夏の日には、居るわけがないのです。だから少なくとも、この江戸の町で人間を襲うなんてことは、窮奇にはできないのですよ」

「は、はあ……」

「それに、窮奇が人間を襲うのは、凍《い》てつくような真冬だけです。寒風に紛れて人間を襲い、鎌でスパッと斬ってくることがあるのです。江戸の冬では寒さが足りません。越後の冬ほどの寒さがなければ、窮奇は動き回れないのです。ちなみに、まだ未熟な窮奇だと、痛みや出血のあるひびやあかぎれになるし、怒らせたりすると傷が凍って指先が腐ったりします」

「……へぇ。いろいろと詳しいんだなぁ」

二人の男は、ちょっと引き気味だ。だが美世は気にしない。

「よって、この夏の日に、この江戸の町で、窮奇が人間を襲ったなんていうことはありえないのです。もちろん、他の妖怪たちの仕業でもございません。人を斬り刻む妖怪なぞ、今の江戸には居ないのですから。その事件は、人間の仕業です」

美世がそう断言すると、一転、男たちは興味ありげに美世を見返した。

「それじゃあ、いったい誰が弥太郎を襲ったたっていうんだ？　誰にも姿を見られず、誰も近寄っていない状況で、この両国橋の上で腕と脚が斬られたっていうのに、そんなことを、どうやって人間ができるっていうんだ？」

「誰も近寄っていないのなら、咎人《とがびと》となり得る人は、一人だけ。弥太郎さん、その人以外にはありえません。彼が、自分で自分を傷付けたのでしょう」

「なんだって？」

喜作と助六は共に、眉間にしわが寄るほど困惑していた。

「弥太郎さんに誰も近付いていないのなら、傷付けることができるのは彼自身しかおりません。自分自身で傷付ける以外の方法は、ございません」

「そりゃ単純な話だがなぁ。何か、証《あかし》はあるのか？」

「今はありません。ただ、両国橋の上なら、刃物を川の中へ捨てることも容易《たやす》くできたでしょうし、あるいは、先に別の場所で傷だけ付けておいて、その傷から血が落ちないよう薬と湿らせた布を当てて押さえながら、橋の上まで来てから騒ぎ出す、ということもできたでしょう。川の中を探るか、あるいは、弥太郎さんが橋に来る前の様子を探るかすれば、何かしらの証が出てくるはずです」

「ほぉ。確かに、そう考えりゃあ納得もできる。ただ、あの子は酷く気弱な性分だから、そういうことをするとは思えねぇ。それに、そんなことをする理由も解《わか》らん」

「それについては、今後の吟味によるところです。ただ少なくとも、本件は、妖怪の仕業じゃあございません。それだけでも納得していただきたく思います」

小柄な美世が、二人の男を見上げながら言った。傍《はた》から見れば、三白眼で睨《にら》み上げているかのようにも見えるほどの、凄《すご》みがあった。

「そりゃあ、まぁ、そうだなぁ……」喜作は助六と顔を見合わせて、「妖怪の仕業だなんて言って、悪かったな」

気圧《けお》されたように、二人揃《そろ》って美世に頭を下げていた。

「いえいえ。解っていただけて嬉《うれ》しいです――」

美世は頬《ほお》を緩めると、安堵《あんど》して小さく息を漏らした。

ただそれも一瞬のこと。すぐに表情を引き締めて、橋の東――本所の町を見つめる。

……早く、兄さんにもこの件を話して、しっかり吟味してもらわないと。

もし美世の考察が当たっていたら、自分で自分を傷付けるような事態など、剣呑《けんのん》に過ぎる。ましてや、白日の下、両国橋の上でやったとなれば、尋常ならない。

何を意図してやったのかは、まだ解らない。だが、穏便に済ませることはできそうにない。そんな予感だけが、じわじわと湧き上がってきていた。

「詠。急用ができたから、先に帰るわね」

どこに居るとも知れない詠に声を掛けると、返事を待たずに、美世は来た道を戻るようにして東へ――本所亀戸の屋敷にいる兄の元へと向かう。

「せっかく川開きの花火だっていうのに、相変わらずだなぁ――」

前方から詠の声が聞こえた。美世は早歩きになって詠に追い付く。

「自分から見に行きたいって言ったくせに、すぐ他人のために自分を潰す。美世の悪い癖だ」

「そんな殊勝なことじゃないわ。今回はたまたま、さらにやりたいことがあっただけ」

「なるほどねぇ。これまで何回連続でたまたまになっていることやら。……はあぁ」

詠が聞こえよがしに溜息《ためいき》を吐《つ》いた。だけど、その顔は少し可笑《おか》しそうだ。

かれこれ一五年来の付き合いになる美世と詠。お互いの本心がどこにあるかなど、言葉を交わさなくても解るくらいだ。

美世と詠は、どちらともなく早足になって、両国橋の人ごみを東へ抜けていった。

美世の背中が人ごみの中に消えていくのを、喜作と助六は、間の抜けたような表情で見つめていた。

「いったい、あの娘《こ》は何だったんだ？」

助六が溜息交じりに言うと、喜作は「ああ」と手を叩《たた》いた。

「もしかしたら、あの娘が噂《うわさ》の『あやかし奉行《ぶぎょう》』の娘か」

「あやかし奉行？　何だい、いろんな意味で恐れ多い名前をしているじゃあないか」

「実はな、この本所深川《ふかがわ》を取り締まっているお役所には、『曰《いわ》く』があってね」

「曰くって、まさか、『幽霊や妖怪が出る』なんて言うつもりじゃないだろうねぇ。本所の七不思議みたいにさ」

「その、まさかだよ――」

喜作が、どこか勿体《もったい》ぶるように言う。

「昔は、『本所奉行』っつう役所がこの辺りを取り締まっていたらしいんだが、それはすぐに閉められちまった。表向きは、江戸の町奉行所と合わさってお役御免になった、という話だが、今も『本所改《ほんじょあらため》』っつう役職はあって、仕事もあるわけだ。……実は、本所の役所を任された人間が本所深川に居《きょ》を構えると、そこに出るらしい――」

助六は唾を呑み込んだ。

「夜な夜な、妖怪やら幽霊やらが、わんさと訪ねてくるそうだ。そして口々に訴えてくるんだとよ。『俺は悪いことなんてしていねぇ』『あれは俺のせいじゃないのに』『この怨《うら》み、はらさでおくべきか』ってな。その光景は、さながら鳥山石燕《とりやませきえん》の『画図《がず》百鬼夜行《ひやつきやこう》』のようだと」

「は、はは」助六が空笑いを漏らす。「なんだ、ありがちな話じゃねぇか」

「ありがちというか、きっと実際にあるんだろうよ。いまや、本所改になろうとする与力《よりき》が誰も居なくなっちまって、結果として、今の家が世襲しているみたいになっているんだからな。確か『真淵《まぶち》』って言ったかな。その家が代々任されているんだよ。というか、押し付けられているような感じかもな」

「するってぇと、さっきの娘は、その本所改の娘ってことか」

「いや。父親はいつだかの流行病《はやりやまい》で亡くなっちまったはずだ。年の離れた兄貴が与力になっていて、今はその兄貴が本所改を任されているんだったかな」

「なるほどねぇ。そんなだから、あの娘も妖怪に詳しかったたってわけか」

「詳しいというか、何というか……。ともあれ、奇妙な娘だよ」

喜作が、苦笑するような怯《おび》えるような、複雑な表情で呟いた。

助六も、笑おうとしたのに声が詰まったような音が出ていた。

「……あの娘、まるで猫と会話をしているみたいだったじゃあないか」

喜作と助六の視線は、美世と、その隣を駆けていた猫が消えていった先へ向けられていた。

本所改の御番所《ごばんしょ》——俗称『あやかし奉行所』がある方へ。

第一話　置いてけぼりの河童

一

「本所深川は、境目の町なのよ――」

花咲夜《はなさくや》が、いつものように歴史を教えてくれる。美世は昔から、それを聞くのが大好きだった。

内容も興味深いのだが、何より、その声が好きなのだ。

鈴を転がすような、高く綺麗《きれい》に響く声。先日買ったばかりの風鈴の音とも相まって、五月《さつき》晴れの昼の時間でも、どこか涼しさすら感じる。

長髪を結って簪《かんざし》で留めているその端正な顔立ちと姿勢の花咲夜は、幼い頃から美世にとって憧れの姉のような存在でもあった。

もっとも、いくら美世が花咲夜を真似《まね》しようとしてみても、ほんの数瞬で足が痺《しび》れて、崩れてしまう。美世にとっては、動き回っている方が性《しょう》に合うのだ。

「大川を境にして、西は武蔵国《むさしのくに》・江戸。そして東は、下総国《しもうさのくに》。元々、この地は江戸ではなかったの。それどころか、あの頃の本所深川には、『この地』と言えるような陸地すらなかったのよ」

花咲夜は、見てきたように歴史を語る――もとい――その目で歴史を見てきている。

彼女は、鼈甲《べっこう》の簪から生まれた『付喪神《つくもがみ》』だ。

暗い色合いの鼈甲に、螺鈿《らでん》の花が咲き、先端まで花びらが鏤《ちりば》められている。その意匠は、まさに花の咲く夜。

付喪神は、九十九神《つくも》ともいう。文字通り、九九年もの年月を掛けて使われ、愛され続けてきた器物に宿るモノ。

だから、当然ながら花咲夜も九九歳は超えている――もっと昔のことも話してくれる――のだけど、実際に何歳なのかを聞いても絶対に答えてくれない。

むしろ、その質問をしてしまったら機嫌が悪くなり、その後に花咲夜の簪を着けようものなら、揺れる度に髪の毛が引っ張られたり、外すときには何本も抜き取られたりしてしまうので、迂闊《うかつ》に年代について話すことすら躊躇《ためら》われる。

「『向島《むこうじま》』や『牛島《うしじま》』や『寺島《てらじま》』、それに、この屋敷のある本所亀戸の名前の基になった『亀島《かめじま》』など。沼や干潟に浮かぶ島ばかりが点在していた。それらが陸続きになった今でも、この辺りは多くの水路が張り巡らされて、そこかしこに島の付く町名が残っているでしょう――」

花咲夜の話に、美世は頷く。

「川の向こうにあるから、『向島』。そう名付けたのは、大川の西側――江戸に住む人間たちだった。そのときはまだ、『向こう側』に定住している人間はほとんど居なかった。だけどそれは、明暦《めいれき》の大火《たいか》という大災害によって、一変したの」

明暦三年――今から一五〇年ほど前のこと。江戸の町の大半を焼き尽くし、さらに江戸城天守までをも焼失させた大火災。

その最中、町民たちは迫りくる炎から逃れるために大川まで来たのだが、当時、大川は江戸防衛のための自然水濠《すいごう》として活用されていたため、北の千住《せんじゅ》まで行かなければ橋が無かった。そのため、多くの人が川を前にして焼け死に、あるいは大川の流れで溺《おぼ》れ死んでしまったという。

そこからの復興として、大川に橋が架けられ、それと同時に海の埋立も拡大し、島と島とを繋《つな》いでいき、この本所深川の陸地は造られてきた。

無縁の――そして無数の死者たちを葬るため、大川の東岸に回向院《えこういん》が建立《こんりゅう》されたのもこのときだ。

「まさに、大川が生と死の境目になっていた。皮肉なものよね。三途《さんず》の川を渡ってしまうと死んでしまうのに、あのときばかりは、川を渡った者こそが生き残れた」

一〇〇年以上前の大惨事を、見てきたように語る花咲夜。

はっきりと言ったことはないけれど、花咲夜は――この鼈甲の簪は、その場に居たのだろう。川を渡ることができた側の人間と共に。

「この大火の教訓として、大川に新たに架けられた橋が、武蔵国と下総国との『両国』を結ぶ、両国橋。今では本所深川も江戸の町とされているけれど、両国という名だけは、今も残っている」

本所深川と、境界の話は、なおも続く。

「境目といえば、もう一つ。この本所深川には、重要な境目があるわね――」

花咲夜は、可笑しそうにころころ笑う。

「江戸と呼ばれる町の範囲を朱線で描いた『朱引《しゆびき》』、そして、町奉行所の管轄の範囲を黒線で描いた『墨引《すみびき》』。本所深川という町は、その大半が朱引の範囲内ではあるけれど、その半分以上が墨引の範囲外になっている。ここは、江戸ではあるけれど、江戸の町奉行の管轄ではない場所――すべてが曖昧な境界の上にある町なのよ」

国と国との、境界線。

陸と海との、境界線。

生と死を分けた、境界線。

そしてここには、美世と花咲夜――人とあやかしとの境界線もある。

ゆらゆらと揺れ動く、曖昧な境界。そんな曖昧さの上に存在しているのが、この本所深川という町なのだ。

美世にとって、妖怪が見えることは当たり前のことだった。

だから、幼い頃に妖怪と一緒に遊んでいても、それをわざわざ父や兄に話したことはなかったし、一方の父や兄も、ちょっと変わった一人遊びをしているだけと思っていたようで、何も言われなかった。

その認識を一変させた事件が、一五年前にあった。美世が四歳のときだった。

真淵家の庭に、一匹の薄汚れた猫が迷い込んできた。疲れ果てて、今にも倒れそうな猫。美世はその声を聞いて、すぐに父の忠右衛門《ちゅうえもん》と兄の求馬《きゅうま》のところまで連れていった。

「この子、川向こうの長屋から逃げてきたんだって。そこで三味線の皮にされちゃいそうなんだって。私、この子を助けたい」

確かに川向こうの村には、獣皮や獣肉を処理することを生業《なりわい》とする家があった。だが忠右衛門らは、美世をそこへ近付けようとすらしていなかった。それなのに、美世がそのことを把握していたのだ。

それこそ、まるで今、猫と会話をして聞き出したかのように。

父も兄も驚いたことだろう。それまでも、何もない中空を見つめて独り言を言っていたことはあったのだが、子供の遊びだろうと深く考えていなかったそうだ。それが今回、明確に、父と兄に対して猫の話を伝えたのだ。

ここで二人は、美世に不思議な力があるのではないか、と察したらしい。

普通の人には見えないモノが見えている――

普通の人には聞こえないモノが聞こえている、と。

二人は、美世の言葉を邪険《じゃけん》にすることなく、耳を傾け真剣に考えてくれた。

ひとまず迷い込んできた猫を洗ってみると、それは雄の三毛猫だった。三毛猫の雄は貴重であり、幸運を呼び込む縁起物の『招き猫』として、高値で売買されている。

一方、三味線に張る皮は猫の皮が最適だとされ、江戸町内にも、猫の皮を剝《は》いで売る家がある。だがそれは、現在の御法度《ごはっと》に反しているわけではない――『犬将軍』とも呼ばれた五代将軍・綱吉《つなよし》公の時代ならいざ知らず。

だから、助けたいと言われても、勝手に猫を連れ出すわけにはいかなかった。却《かえ》って、その家の商売道具である猫を、本所改の家の人間が盗んだなどと言われてしまえば、忠右衛門の方こそただでは済まない。

残念だが、ここは素直にこの三毛猫も返さなければならないだろう……と考えていたところで、美世は三毛猫とまた話をして、それを父兄にも伝えた。

「あの家は、毛の綺麗な猫を町中から集めてるんだって。他の人が飼っていた猫もたくさん居たって」

それを聞いた忠右衛門の動きは早かった。

美世が猫から聞き出した、という曖昧な証言を元にしながらも、すぐに件《くだん》の長屋について調べ、また江戸町内での猫の失踪についても調べ上げていった。

そして、件の長屋に住む者たちが結託して他人の猫を盗んでいたことが、他の証拠によっても確認された。

これにより、猫泥棒は捕縛され、その長屋に集められていた生き残りの猫たちは、元の飼い主の所へ戻された。二度と戻ることのなかった猫たちも、数知れずいた。

一方で、真淵家に迷い込んできた例の三毛猫は、飼い猫ではなかった。

「そもそも、三味線にされそうだったのは他の猫たちだけで、俺は高く売られそうになっていただけだ。俺は、あんたら人間の同情を買うための演技をしていただけってことよ――」

と三毛猫が話すのを、美世は父と兄にも伝えた。

「元は根無しの野良猫だ。どこへなりとも消えていく。ただ、此度《こたび》の御恩は忘れねぇ。それじゃあな。またどこかで会お……ぅっ⁉」

三毛猫が話している途中にもかかわらず、美世は三毛猫を強引に抱き上げた。遠慮も工夫もない子供の力が、三毛猫の腹を圧《お》し潰していた。

お陰で三毛猫は、美世の腕にぶら下がる格好で、まるで二本足で立っているような体勢になっていた。

「この子、家が無いんだって。ここで一緒に住みたいって」

美世は、三毛猫の言葉を偽って、父と兄に伝えた。

このとき三毛猫は、必死に首を横に振っていた。猫の言葉なんぞ解らない普通の人間が見ても「違う」と言っているのが丸解りだったろう。

「美世がそうしたいのなら、私は構わん」と父が言った。

「お、俺も、美世がそうしたいならいいぞ」と兄も言った。心なしか声が震えていた。

美世は思わず破顔して、「だってさ」と三毛猫に声を掛けた。

「……それなら、俺も構わない――」

三毛猫は、顔を逸《そ》らしながら、ぶっきらぼうに言った。

「ただ、俺の本分は根無し草だ。ここに飽きたら別の所に行くからな」

「うん。私もそれで構わないよ」

美世は、皆の口調を真似するように言った。

三毛猫の尻尾《しっぽ》が、愉快そうに揺れた。美世にだけ見える、二本目の尻尾も一緒に。

そんな出会いが、一五年前。

どうやら飽きることもなかったようで、今も美世にとって重要な相棒となっている。

周囲には「長生きの猫」ということで通しているが、その実体は既に妖怪となっている――猫又《ねこまた》だ。

そんな彼に『詠』と名付けたのは、美世だった。

「あくどい三味線屋に攫《さら》われた猫に、歌にちなんだ『詠』と名付けるたぁ、コイツはとんでもねぇお嬢さんだ」

詠が、愉快そうに呵々《かか》と笑っていた。

この声を美世が聞き逃さなかったから、今がある。

だから、声に関する名前にしたい。

そう思って、『倭玉篇《わごくへん》』などいろいろな書物を読んで付けた、自慢の名前なのだ。

「詠」と呼ぶときの美世は、つい歌うような声になっている。

二

「あら、詠。おかえり」

昼下がり。外の蒸し暑さに耐えかねたのか、散歩に出ていた詠が室内に戻ってきた。

詠は返事もせず、こちらを一瞥《いちべつ》もせずに、さっさと日陰になっている畳に寝そべり、昼寝を始める。傍から見れば、自由気ままな猫そのものだ。

そんな詠の耳が、ピクッと立った。真淵家に誰か来るらしい。その気配を察したのだ。とはいえ詠は警戒していないので、悪いモノが来るわけではないようだ。

そう思った直後、玄関から物音がした。誰かが家に入ってきて、力強く調子の早い足音が美世の部屋に近付いてくる。その気配だけで、誰が来たのかよく解った。

「お美世はいるか?」

案の定と言うべきか。廊下から、兄の求馬が勢いよく跳ぶように現れた。うっすらと汗をかいて、顔が少し紅潮している。

鍛え抜かれた巨軀《きょく》は部屋の入口を完全に塞いでいて、畳に大きな影を作っていた。求馬が寝そべると畳一畳が隙間なく埋まってしまう、と言っても過言ではないほどなのだ。求馬の身の丈は、江戸の畳の縦幅を少しはみ出す六尺——つまり一間《けん》。肩や腕や脚もしっかり太いので、横幅の三尺もほとんど隙間がないように見えるのだ。

生まれたときから病弱で臥《ふ》しがちだった美世のことを、守ってくれている兄。そのために身体を鍛えているのだと、いつも楽しそうに話している。

「どうしたのよ、兄さん。そんなに慌てて」

「お美世、お手柄だったぞ——」求馬は満足そうに何度も頷く。「お美世が話していた通り、両国橋のすぐ下に潜ってみたら、刃物が見つかった。わずかながら、柄《つか》の部分に血の染みも消えずに残っていたぞ」

それを聞いて、美世は安堵した。

もっとも、これほど順調に事が運んだのは、美世が前もって河童《かっぱ》に頼んで、下調べをしておいてもらったお陰だ。

知り合いの河童に、先立って大川に潜ってもらい、件の刃物を見つけてもらっていた。ただ、それを河童に拾ってもらうといろいろと問題があるので、一切触らせずに位置だけ確認して、正式に、本所改の求馬に拾ってもらうように仕向けていた。

そもそも、本所改の本来の職務は、本所深川の河川や堀の管理・修復などであり、こと災害時には、率先して船を出したりして救援や修復に駆けつけることになる。水に関する仕事は、お手の物なのだ。

他方で、この本所深川の一部は、江戸の町ではあるが町奉行の管轄外にある、という曖昧な境界線の上にあるため、犯罪捜査や捕物を任されることも多い。

ましてや、ここは曰くつきの本所深川。人知では計り知れないような不可解な事件も舞い込んでくるのだから。

「落ちていたのは、料理人が何年も使い込んだような、砥《と》いで刃先が小さくなった包丁だった。川底に溜《た》まった泥や塵《ごみ》に埋もれてもいなかったから、落ちてまだ間もない物であることは間違いない」

「と、いうことは」

「ああ。お美世の推察通り、あの日、両国橋の上では、越野屋の弥太郎が包丁を使って自ら手や脚を斬っていた。そして包丁を橋の上から投げ捨てたということだ。これから越野屋の方にも人を向かわせて、いろいろ吟味することになる」

その話を聞いて、美世は神妙な面持ちになって頷いた。

今のところ、何が起こっていたのかは明らかにできた。だが、なぜそのようなことが起こったのかは、まだ解らない。

美世の胸には、何かモヤモヤとしたものが溜まっていて、気分が悪かった。

そんな美世の内面とは裏腹に、求馬の声は軽快だった。

「しかし、お美世の推察は大したものだな――」

河童に手伝ってもらったことを知らない求馬は、素直に美世を褒めてくれた。

「刃物の落下した場所を事細かに指定してくれたお陰で、人を割《さ》くこともなく、俺一人、一回の潜水で発見することができた。ただ、五月雨のせいでしばらく浚《さら》えていなかったためか、ちょっと川底の泥に足を取られたりもしたが……。あるいは己の鍛錬不足だったかもしれんが」

求馬は率先して肉体労働にも勤《いそ》しむ。むしろ机に向かうような仕事を苦手としている性分で、その辺りは兄妹そっくりなのだ。

もっとも、そもそも曰くつきの本所改は、与力・同心《どうしん》たちからも怖《おそ》れられ、距離を置かれてしまっているため、万年人手不足でもある。自分たちで動かなければ仕事にならないのだ。

……ただ、妖怪の皆も、私たちを手伝ってくれているんだけど。

「ところで、お美世――」

求馬が、どこか言いづらそうに、低い声で言った。

「実はな、今回の潜水で、不可思議なことが起こっていたんだが……。もしや、俺に秘密で、妖怪に協力を仰いでいたんじゃあないか？」

「ええ。実はそうなの。今回の捜索が上手くいったのは、妖怪のお陰なのよ」

まさか求馬の方から、妖怪について言及されるなんて思わなかった。美世はつい嬉しくなって答えていた。

というのも、求馬は、妖怪や幽霊のことが大の苦手なのだ。

鍛え抜かれた身体の強さとは裏腹に、求馬は怖い話や不思議な話にはめっぽう弱い。こと妖怪や幽霊に関しては、いくら身体を鍛えても殴ったり掴《つか》まえたりすることができないからと、酷く怯えてしまうのだ。

他方で、美世には妖怪が見えて声も聞こえているということは理解しつつ、それを否定することもない。ただ、それはそれとして、当の求馬自身には妖怪が見えないし声も聞こえない以上、怖いのだと。

それが今、求馬の方から妖怪について話してくれた。

美世は思わず声の調子を上げていた。

「今回は、知り合いの河童に協力してもらって、前もって刃物を見つけてもらっていたの。河童たちも、自分の棲《す》み処《か》に人間の血の付いた刃物が落ちてきて、とても嫌がっていたみたい。ほら、河童は金物が大の苦手だから」

河童が金物を苦手とする理由は、幾つかあるらしい。

たとえば、河童は「人間にいたずらをしたら、刀で腕を斬り落とされた」という凄惨な事件を何度も経験していて、その話が広まったり代々伝わったりしていることで、金属自体を怖れているという話がある。河童にはどんな傷も治す秘伝の『妙薬』があるため身体の傷を治すことはできるのだけど、恐怖を癒やすことはできない、と。

他にも、これは肥後《ひご》や薩摩《さつま》の河童から聞いたことなのだけど——

向こうの河童は、春と夏は川で暮らし、秋と冬は山で暮らす、という習性があるという。その山暮らしの中で、河童たちは沢で砂鉄を採ったり山で鉄を掘ったりして豊かに暮らしていたのだが、それを羨《うらや》んだ人間たちが「河童は鉄が嫌いだろ。だから俺たちが代わりに使ってやる」と一方的に決め付けるように言ってきて、河童から鉄を奪っていったのだと。そのことがあってから、河童は、鉄を持っていると人間に襲われると思って、本当に鉄のことが嫌いになってしまったのだ、と。

その話を聞いたとき、美世はとても申し訳なくなった。

ただ、その話には続きがあった。

「そもそも、当時は、河童たちが鉄の道具を使って人間の村を襲って、女を誘拐したりしていたからなぁ。かといって人間も、河童を川や山に追いやって、住みよい所から排除したりしていたわけで。どっちが先なのやら、どっちが悪いのやら」

そう言われると、人間も人間で、河童に溺れさせられたり、尻子玉を抜かれたりすることを怖がっている。

この話を聞いた美世は、子供ながらに、どちらかを一方的に悪者にすることは良くないと思った。

だからこそ今の、美世と河童たちとの関係は、重苦しくなっていないのだとも思う。

ともあれ、そういう経緯があるため、河童にとって刃物を捜すのは本当に大変なことだったのだ。

それでも、今回の河童は頑張ってくれた、と美世は思う。見返りが要求されるかも、とも思っていたけれど、すんなり協力してくれたのだ。

それほど、自分の棲み処が汚されてしまうことが嫌だったのかもしれない。

美世がそう説明をする間も、求馬は静かに話を聞いていた。

もとい、絶句して固まっていた。さっきまで紅潮していた顔が、青ざめている。

「……兄さん？」

美世が呼びかけると、求馬はまるで故障したからくり人形のように首を動かした。

「ちょ、ちょっと待ってくれ。するってぇと、俺が潜っていたとき足に絡んできたのは、実は泥なんかじゃなくて、やっぱり河童の仕業だったってことか⁉」

「え？」

……確かに、さっき兄さんは『川底の泥に足を取られた』と言っていたけど。

「それは妖怪の仕業じゃありません！」

美世は力を込めて、そう言い切った。

※

川開きを迎えて、数日。

水無月《みなづき》という月名とは裏腹に、多くの水を湛《たた》えている大川。水上には幾つもの納涼船が浮かび、昼夜を問わず、芸者たちと遊ぶ声が響き渡っている。特に夜には、芸者に粋なところを見せようとするお大尽《だいじん》が、競うように大枚をはたいて大きな船を貸し切り、自費で花火を上げさせていた。

酒や肴《さかな》が尽きれば、辺りの水上をうろついている『うろ船《ぶね》』を呼んで追加で買う。

今夜もまた、花火の音にかき消されないよう大声で、うろ船を呼ぶ声が響いた。

「おい、そこの！　旨い果物をよこせ！　不味《まず》かったら承知しねぇぞ！」

船主に向かって、嘲笑《ちょうしょう》を浮かべながら、怒声を浴びせるように命令してくる男。その男はすぐさま船上の芸者に向き直って、甘えたような声を上げながら笑っていた。

いけ好かない客だ、と船主は心の中で吐き捨てた。金はあるけど品はない。流行《はや》り廃《すた》りの波が大きい江戸の町、そこに江戸っ子の見栄《みえ》っ張りが合わさって、ちょいと景気が良いだけで大盤振る舞いをしたがる者が多い。特にこの時季は、こういう客ばかりを相手にしないといけない。

とはいえ、大川でうろ船を出す身としては、納涼の今こそが稼ぎ時なのだ。少しの躊躇いでも見せれば、他の船に横取りされてしまう。船主は感情を押し殺したように、淡々と仕事を進めた。

よくよく見れば、そのお大尽は、越野屋の主人である弥左衛門《やざえもん》だった。越後の酒を出す居酒屋として、この頃は確かに景気が良さそうではあったが、よもや大川に船を出して遊べるほどだとは思わなかった。

かくいう船主も、前に越野屋ののれんをくぐったことがあった。正直、越後の酒こそ旨いものの、料理は素材も腕もすこぶる悪く、食えたものではなかった。

何より、店主の弥左衛門が、裏で息子のことを家畜のように扱い怒鳴り散らしているのを見てしまってからは、嫌なことを思い出すので、店の前を通ることすら避けていた。

それが最近、「越野屋は魚料理が旨い」なんていう話が聞こえてきたものだから、ついまた興味本位で食べに行ってみたら、素人の舌でも、確かに旨いと思った。

思わず声に出して呟いたら、弥左衛門が耳ざとく拾い、得意げにニヤリと笑った。

「仕入れ先を、高級な料理茶屋と一緒の所にしたのさ。どことは言えねぇけどな」

そのくせ、越野屋の値段は下町の居酒屋と同等だった。それは繁盛するだろう。

船主は、正直なところ妬ましさを抱きながら、それでも努めて淡々と仕事を進める。

弥左衛門らの乗る屋根船に果物を届けるため、自分の船を寄せようとした……そのときだった。

櫂《かい》の運びが、急に重くなった。

まるで、水中で櫂が摑まれてしまっているかのようだ。どうやら川の中で、何か重い物を引っ掛けてしまったらしい。

船主は、客を待たせないよう、慌てて力任せに櫂を持ち上げた。やはり何かが引っ掛かっているようだ。船主はさらに力を入れて持ち上げる。

すると、その引っ掛かっていた物がゆっくりと、水面から顔を出した。

「……ひぃっ⁉」

顔が出てきた。文字通り、人間の顔が水面から出てきたのだ。

若い男だ。人形ではない。人間の、死体だ。

大川に沈んでいた人間の死体を、櫂で引っ掻《か》き出してしまったのだ。

藍染の小袖が、夜の川に溶け込むように沈んでいて、まるで生首が浮かんでいるように見える。

その死体の脇には、釣《つ》り竿《ざお》と網と、大きめの魚籠《びく》が浮かんでいた。

船主は、間近で死体を見てしまったものだから、すっかり腰が抜けてしまい、船の上で尻餅《しりもち》をついて動けなくなった。

一方、屋根船の方は阿鼻叫喚《あびきょうかん》。芸者たちが次々と悲鳴を上げ、中には気を失った者や、錯乱して逃げるかのように川に飛び込んでしまった者もいた。

そして、お大尽――弥左衛門は、まるで氷漬けにでもなったかのように固まっていた。篝火《かがりび》に照らされていてもなお、その顔色は血の気が引いて真っ青に見える。

「……お前、どうしてこんな所で」

弥左衛門が、そう呟いているのが聞こえた。

だがすぐさま花火が打ち上がり、その音のせいで、続きの声は聞こえなかった。

大川から上がった水死体。その身元はすぐに判明した。

左腕と左脚にはっきりと残っていた切り傷、そして、偶然にも死体発見の現場にいた、実の父親による身元の確認によって。

その死体は、越野屋の弥太郎である、と。

三

子《ね》の刻を回る、夜半過ぎ。

ほぼ新月に近い夜。本所深川の町は、地面と堀の境界が曖昧になるほどの宵闇に包まれている。その中にあって、真淵家の門戸には、明かりが灯《とも》されていた。

本所改の前身である本所奉行の時代から、本所深川を仕切る役所は独自の建物を持たず、その役職に就《つ》いた者の邸宅が、そのまま役所として利用されるのが通例となっている。

真淵家も、美世や求馬の家であると同時に、本所深川を管理する役所としての役目も担っていた。

昼夜を問わず、事件は起きるし、助けを求める声がある。ましてや、本所深川は、夜にこそ多くの声が寄せられてくる。昼も夜も、その門戸は広く開かれていなければならないのだ。

といっても、夜通しで起きていることは滅多にない。祭の夜や大晦日《おおみそか》など、他の人たちも起きているときを除いて。

それ以外は、誰かが来たら起こされる、というかたちになっていた。

人が来たら求馬が起こされるし――

妖怪が来たら美世が起こされる。

今夜は、求馬が起こされた。

先ほど、「大川で死体が上がった」という報《しらせ》を受けて、飛び出していった。

そのときの音で目を覚ましてしまった美世は、部屋の中で一人、布団の中で次の眠りに落ちるべく、まどろんでいた。

夜の訪問者は、いつも突然現れる。

「もし。美世どの、美世どの。今よろしいかな？」

しゃがれた、老爺《ろうや》のような声が、美世の居る部屋にこだました。

「ええ、大丈夫ですよ。源治《げんじ》さん――」

美世も慣れたもので、すぐにはっきり目を覚まして返事をする。この声は、美世のよく知っている相手だ。

「あ。ここまで歩くのも大変ですよね。私がそちらに向かいますよ」

話をしながら起き上がって、部屋の行灯《あんどん》に火を灯す。

「いいや。構わんよ。少しは歩かんと、いざというときに動けなくなってしまう。では失礼するよ」

美世の返事を待たずに、外塀にある勝手口の門戸が開けられる音も聞こえてきた。

源治はいつも、裏の勝手口から訪ねてくるのだ。いつも、こんな真夜中に。

相手の声はすれども、姿は見えず。部屋の中に居る美世と、家の外に居る相手とが、難なく会話を交わしている。

これは、妖怪『木霊《こだま》』の能力だ。

本来、木霊は山奥の木々に宿る精霊で、人の声や動物の鳴き声を真似する習性がある。木霊たちにとっては、遊びのようなものだ。

そして、この真淵家の庭には、一〇〇歳を優に超える桜が植えられていて、その桜に宿っている木霊たちが、真淵家の至る所で声を響かせ合っているのだ。

そのため、外に出たり大声を上げたりしなくとも、部屋の中から外の来客と話をすることができるようになっている。

……ただ、これがあるからこそ、「本所改のお役所は、夜な夜な変な声がこだましている」なんていう曰くが付いてしまっているんだけど。

美世が苦笑しつつ身なりを整えていると、「こんばんは」と、庭に面した襖《ふすま》の向こうから声がした。

美世が襖を開けると、庭に一つの人影があった。

特徴的な手――立派な水掻きが付いている。

腕も脚も、全身が緑色。行灯の明かりを受けて、てらてらと光っている。頭頂部には、水を湛えた皿。ここからは見えないが、背中には大きな甲羅を背負っている。

河童の源治が、姿を見せた。

美世は縁側まで歩いて、そこに腰かけた。

「源治さん。言ってくれたら、お住まいの堀まで伺いましたのに」

河童の姿は普通の人にも見えてしまう。こと本所深川は、目撃証言が多いので心配でもあった。

「いやいや。わしの棲む堀から、ここは目と鼻の先じゃあないか。この程度の手間を譲り合うなんぞ、不毛にも程があるわ」

そう言って、くちばしの端を上げて笑う源治は、この本所深川一帯の水路を取り仕切っている、河童の大将だ。

本所深川の埋立が進むにつれて、水はけの悪いこの土地には多くの水路が造られた。と同時に、舟運のために水路の整備・拡張もされていった。そしてそれは、河童の棲み処が増えていくことも意味していた。そんな中で、幾度となく古参河童と新参河童とが争い、支配者も交代してきたらしいのだけど、源治はここ五〇年間ずっと安定した支配をし続けているそうだ。

幅広い知見と交遊、そして決断力があるのだと、他の河童たちからも慕われ、尊敬されている。

そんな交遊の中には、もちろん美世との関係も含まれている。

「先日は、両国橋の探索に協力していただいて、ありがとうございました。初めて会った若手の河童でしたけど、しっかりとこなしていただけました」

「ああ。そう言ってもらえれば、こちらもやった甲斐《かい》がある」

「でも、本当に見返りは必要なかったんですか？　こちらの手間だけ省けてしまって、そちらは何も得をしていないじゃないですか」

いつもなら、新鮮な鯉を丸々一尾、尾頭付きであげるような仕事だったのだ。

「いいんだよ。うちの新入りに仕事の訓練をさせてもらったようなもんだ」

源治はそう言いながら、自らの頬を撫《な》でていた。

……あれ？　源治さん、少し痩《や》せた？

というよりも、やつれたと言う方が正確かもしれない。よくよく見れば、緑色の肌は心なしかいつもより艶がなく、皺《しわ》もより深く刻まれているように思えた。

「源治さん。もしかして体調が優れないんじゃあないですか？」

「あぁ、まぁ、そうだな」源治は溜息交じりに言った。「実は、今回ここまで来たのは、それに関係した話をしたかったからなのだ。というのも、わしが寝床にしている堀に、最近になって人間が物を投げ込んでくるようになってなぁ」

「えっ⁉　それは大変じゃないですか。堀をゴミで汚すなんて」

美世はつい怒りがこもって、声が大きくなっていた。

源治が棲む堀は、真淵家から南に数町行った所にある錦糸堀《きんしぼり》だ。この町が造られたときから河童の棲む堀として有名で、実際に源治たちの重要な棲み処になっている。

その錦糸堀の近くには、三つの川が流れている。川といっても、そこも元は埋立地。いずれの川も、埋立地に掘られた人造の川だ。

東には横十間川《よこじっけんがわ》。これを北に上ると押上《おしあげ》に、南に下ると深川木場《きば》まで道なりに――もとい川なりに行くことができる。

西には大横川《おおよこがわ》。これを北に上ると牛島や向島に、南に下ると途中で横十間川と合流して、やはり深川木場まで行くことができる。

そして、錦糸堀の南側には竪川《たてかわ》が、本所の町を東西に貫くように流れている。錦糸堀の水は、この竪川と繫がっている。その流れに沿って西へ向かえば、両国橋の下流三町ほどの辺りで、大川と合流することになる。

交通の便もとても良いため、錦糸堀は河童に人気の堀になっているし、昼間は人間の憩いの場としても人気がある。

だからこそ、河童の大将である源治が棲み処にしているのだが、そんな場所に物を投げ込まれたりしたら、河童は苦しいに決まっているし、それに、人間だって、汚れた水のせいで身体を壊してしまいかねないのだ。

「しかもなぁ、投げ捨てられるのは、ただのゴミじゃあないのよ」

「え？　どういうことです？」

「堀に捨てられているのは、金物、刃物、瓢簞《ひょうたん》に仏飯……」

それを聞いて、美世は声に詰まりそうになった。

「それって、すべて、河童が苦手な物――河童退治に使われるような物ばかりじゃあないですか」

源治は、力無く頷いた。

金属や刃物は、河童にとって天敵だ。そして、水に決して沈まない瓢簞も、河童には手出しができない。

また、河童は過去に、名のある高僧によって退治されたり封印されたりして、詫《わ》び状を書かされたという屈辱的な歴史があるため、仏の力を帯びた物があると逃げ腰になってしまうのだ。そのせいで、仏飯を食べてきた子供に得意な相撲で負けた、という話も数知れず残されてしまっている。

そんな物が投げ込まれたら――しかも一つと言わずに複数も――さすがの源治も対処できず、やつれてしまうだろう。

「普通のゴミだったら、わしらもいつもみたいに、持ち主を突き止めて返してやるんだがなぁ。苦手な物ばかり放り込まれては、触ることもできんのだ」

「えっ。いつもそんなことしてたんですか」

「当然だ。人間だって、自宅にゴミを放り込まれれば怒るだろう。妖怪も同じだ」

それはそうなのだけど。これはこれで、怪談として噂になりかねないことだった。

ただ、そうしてゴミが突き返されたとしても、事の始まりは「自分が堀にゴミを捨てた」ことなので、きっと人間の側も周りに話せないでいるのだろう。そんな自白をしようものなら、もちろんお縄についてもらうことになる。

「本来だったら、わしが解決したいところだったのだが、わしももう年だからなぁ、無理をして倒れる方がよほど無様になる」

「なるほど」美世は、ちょっと微笑《ほほえ》ましくなった。「それで、私の力を利用してやろうと思ったわけなんですね」

「おう。そういうわけよ」

源治はちょっと照れくさそうに視線を外しながら、ポリポリと頬を掻いた。

河童の大将としては、人間に頼ったとなっては他の河童に示しがつかないのだろう。

ともあれ、ここまで狙いすましたように河童の苦手な物が投げ込まれているのなら、偶発的なイタズラではなく、何か目的があってやっているとしか思えなかった。

まるで、河童を懲らしめるかのような……。

「何か、『河童の仕業』にされてしまっている事件があるんでしょうか？　そのせいで、河童のいる堀を狙って物が投げ込まれてしまっているのかもしれません。それこそ、ゴミを突き返したことを逆恨みされてるとか」

「どうだろうなぁ。以前のゴミ捨てについては、わしらも犯人が二度とこんなことをせんよう、相手が堀の傍に来る度に怖い思いをさせて、近付かないように仕向けているんだが」

「それが原因なのでは？」

人間の側からしたら、本当に怖い思いをさせられていることだろう。それで懲りるようならまだいいけれど、逆恨みをするような人間なら反撃をしてきそうにも思う。

「それはないな」源治は断固否定した。「犯人が堀に近付く度に対処している、と言っただろう。こちらは相手の匂いを覚えておるのだ」

「ということは、近頃の犯人は、そのときとは別人なんですね」

「ああ。これまで嗅いだどの匂いとも違う」

「となると、以前のゴミ捨てとは無関係なんですかね。他に何か思い当たる節はありませんか？」

「他にと言うと、そうだなぁ……」源治は溜息交じりに言った。「そういや、どうも近頃、『置いてけ堀』にかこつけて、実際にそんな事件が起きているらしい。そして、それが『河童の仕業』であると言われているんだとか」

「……なるほど」

美世は納得したように、ゆっくり頷いた。

『置いてけ堀』――

それは、この本所に伝わる『怪談』の一つとされている。

舞台は、本所にある堀だ。といっても、特定の堀が舞台になっているわけではなく、本所の近辺にある堀のどれかであった話だとされている。

本所のとある堀に釣り糸を垂れると、とにかくよく釣れるのだという。その調子で何匹も魚を釣り続け、ふと気が付けば黄昏刻《たそがれどき》、満杯の魚籠を抱えて帰ろうとすると、どこからともなく声が聞こえてくるという。

「……置いてけぇ。……置いてけぇ」

だが、「置いてけ」と言われて素直に置いていくようじゃ、江戸っ子の名折れだ。

そこで「やだね」と突っぱねて帰ろうとするが、その「置いてけ」と訴える声が鋭くなり、しかも近付いてくる。これは妖怪変化《へんげ》の類《たぐい》かもしれない。捕まったら敵《かな》わん。

と逃げ回ってみても、その声はいつまでも追ってきて、次第に迫ってくる。

そこで魚を返せば、無事でいられるものを。

意固地になって返さないでいると、魚を奪い返されてしまうのは序の口、さらに精気を奪われて死んでしまうとか、魚の入った魚籠ごと堀に落とされ、溺れてしまうなんてこともあるのだ。

あるいは、逃げた先で蕎麦《そば》屋の屋台に出くわして、助けを求めたはいいものの、その店主は『のっぺらぼう』だった、というような話まである。

この話は、一〇〇年以上も前から――この本所の町が造られた当初から――伝えられているものだが、最近は、似たような話を七つ集めて『本所七不思議』というまとめ方もされている。

これらは、一般的には怪談とされているが、実は体験談だ。

過去に実際、このような事件は起きていた。そして、そのときは「河童の仕業だ」ということで一件落着してしまった。

だが困ったことに、その後も似たような事件が起きると、とにかく「河童の仕業だ」と言われるようになってしまった。「同じ手口なのだから、また河童がやったに違いない」と。

そして人間は、対処策として、ときには河童を怒らせないように崇《あが》め奉ることもあったようだが、多くは河童を退治すべく、堀を浚ったり魚を乱獲したりして、河童を苦しめてきた。

……そんなことをしていたせいで、「人間の仕業」が見逃されてしまったことも、少なからずあるっていうのに。

源治は、『置いてけ堀』のような事件が実際に起きたという噂が今回、広まっていると言った。では、その事件とはいったい何だったのか。

美世がそれを尋ねると、源治は「ああ」と嘆息交じりに語り出した。

「一月《ひとつき》ほど前からかねぇ。わしらが棲んでる錦糸堀の近辺で、釣り人の格好をした男を、何やら黒い影が追いかけているっていうのを、俺も含めた何匹かの河童が目撃している。『置いてけー、置いてけー』って言いながら追いかけていたのよ」

「あぁ、その噂なら私も聞いてます。……ただ、正直なところ、本所の町で『置いてけー』って叫びながら追いかけている人がいた、なんていう話はしょっちゅうあるので、調べ切れていないんです。大概、泥棒とそれを追いかける人だった、という解決になりますし」

「わしらも、どうせいつもみたいに泥棒だろうと思って、気にもせんかった。結局、人間の物を盗んで泥棒だぁ何だぁ騒ぐってのは、人間の理屈でしかないからな」

「まぁ、それはそうですけどねぇ」

かといって、妖怪たちが人間のルールを一切気にせず無視して動き回ってしまうと、それはそれで大変なことになってしまうのだけど。

実際、物が盗まれると、河童たちは激怒して力尽くで取り返そうとするのだから。

「ただ、それにしては可笑しいですね。『置いてけー』って言いながら追いかけている人がいたとしたら、それは泥棒を追いかけているわけで……要するに物が奪われているわけです。それなのに、お役所には、そんな訴えは来ていないんですよ」

もし仮に、人間の魚泥棒が居るとしたら、もちろんそれは犯罪になる。そして同時に、盗まれた側の人間は救いを求めて、お役所に訴え出てくるはずだ。

それなのに、そんな訴えがあったという話は、まったく聞いていない。

「つまり、追いかけていたのは人間ではなく、妖怪だと？」

「いえ、そうとは限りません。人間だって、後ろ暗いところがあるなら、お役所に頼ることはできないので、訴え出ないとは思います」

そうは思うのだけど、それはいずれにせよ尋常なことではない。

「結局、まだ何も解らんということか」

「そうなりますね」

……さて。ちょっと可笑しなことになってるなぁ。

美世は心の中で独り言《ご》ちながら、考えを整理する。

ここ一月、錦糸堀の近隣では、置いてけ堀に関する噂が広まっていた。逃げる釣り人と、「置いてけー」と言いながらそれを追いかける黒い影が出る、という話。

そして今、この黒い影の正体が河童だという噂も広まっていて、恐らくそれが原因で、源治たちの棲む堀に物が投げ込まれ、苦しめられている。

改めて考えると、理不尽な話だ。

黒い影の正体が河童なら、河童は魚を盗まれた被害者になるはずだ。それなのに、河童が「置いてけー」と言いながら人間を追いかけてきたというだけで――しかも単なる噂の段階で、河童の棲む堀に河童の苦手な物が投げ込まれているらしい。

河童のことをよく知らない人たちが、知ろうともしないで、嫌ってくる。

そんなこと、美世は決して許せないのだ。

「とりあえず、源治さんたちが暮らしている錦糸堀の周りを見廻《みまわ》りしようと思います。物を投げ捨てている現場を確認できたら、兄も然《しか》るべき手段をとれますし」

この本所深川に張り巡らされている水路の数々は、舟運のためだけに整備されているわけではない。埋立地である本所深川の地面に浸《し》み込んでしまっている水を、川や海へ排出するためでもあるのだ。これが無ければ、地震が来たときに地面が一瞬でぬかるんで、建物が崩壊してしまう。

そんな重要な水路・堀に物を投げ捨てているとなれば、本所改が黙っちゃいない。

そう約束すると、源治はやつれ気味だった顔を柔和に綻ばせた。

「そうしてくれると助かる」

美世もつい笑顔になって頷く。

「ただ、私もまだ解らないことがたくさんあります。源治さん。何か変わったことがあったら、どんな些細《ささい》なことでもいいですから話してくださいね」

「変わったことかぁ。ううむ」

源治は呟いて、何かを言いあぐねるように口を閉ざした。

「本当に何でもいいですよ。ただの世間話になったっていいですし」

「そうかね。だったら一つ、気になっていることがあってな。変わったことと言えば変わったことがあるのよ」

「それは何ですか？」

「大川で獲《と》れる、鯉の味だ」

「……ああ。なるほど。鯉の味、ですか――」

あまりに予想外のことで、美世は反応に窮してしまった。だが、何でもいいと言ってしまった手前、そのまま世間話を続ける。

「そういえば、近頃の大川で獲れる鯉は、泥臭くて美味しくないそうですね」

それは、多くの人が口を揃えて言っていることだった。

かつては、荒川《あらかわ》、利根川《とねがわ》、そして大川の鯉が絶品と謳《うた》われていた。それが、大規模な埋立や、移住による人とゴミの増加――それこそ花火の日のゴミは特に酷い――によって、大川の水が汚れてきてしまっているのだ。

鯉の味が落ちたことは、人間の舌でも感じられるほどだった。これが、水と魚にうるさい河童の舌では、もっと酷く感じていることだろう。

「いいや。それが逆なんだ――」

予想外の返答が来て、美世は声も出なかった。そのまま無言で先を促す。

「確かに、大川の鯉は泥臭くなってきていたのよ。だがな、ここ一月くらい、大川で獲れた鯉が実に旨くなっているんだ。泥臭くなく、絶妙に脂も乗っている。あんな旨い鯉を食べたのは何十年振りか……。わしが小童《こわっぱ》だった時分に、江戸川で食った物のように旨かった――」

そのときを思い出しているのか、源治は遠い目をして夜空を見上げていた。

「特に、深川の『ゑびす屋』はおすすめだ。最近は、若造の河童たちがそこで出る魚のあらを目当てに集まって、喧嘩《けんか》までおっ始《ぱじ》めている始末だ。……まったく、アイツらには食欲と性欲しかないのか」

「はは……」

美世は思わず苦笑する。とりあえず、源治を元気づけるためにも、今度そのゑびす屋の鯉料理でも持っていってあげようか。

それに、確かに気になる変化ではあった。鯉の味なんて、ほんの一月くらいで劇的に変わるものではないはずなのに。

だけど、それが何か関係があるのかも解らないし、そもそも源治の勘違いということも無くはない。

美世は、源治の話を頭の片隅に置きつつ、ひとまずこの日の話を切り上げた。

四

源治が庭から姿を消すと、入れ替わるように、詠がヒョイと塀を越えて入ってきた。

「あら詠、おかえり。姿が見えないと思ったら。今晩も猫の集会だったの？」

「ああ。本当は行くつもりはなかったんだが、大川で死体が上がったって言ってたろう？　だから、あの辺りで変なことが起きてないか確かめに行ってきたんだ」

あくび交じりに詠が答えた。

本来ならば夜こそが妖怪の時間なのだけど、この猫又は、昼夜を問わず、事件があれば美世と共に動き回っているため、いつも眠そうにしている。こうして美世以上に動き回ってくれていることも多く、とても有り難い。

不定期で開催されている猫の集会は、両国回向院《りょうごくえこういん》の『猫塚』前が会場らしい。名前に猫が付いているが、動物の猫の供養塚というわけではなく、かつて両国周辺に居た遊女たちを供養するためのものだ。遊女のことを『猫』と言い、その『値段』によって、金猫・銀猫という評価がされていた。四〇年ほど前に書かれた『にゃんの事だ』という題名の洒落《しゃれ》本も、ここ本所を舞台にした遊女——つまり猫の話であるため、猫にちなんだ題名になっている、とのこと。

もっとも、最近は家で猫を飼う家も増えたため、そんな過去の事情を知らず、飼い猫の霊を供養しに来る者も増えてきているのだとか。

いずれ本来の由来の方が忘れられて、本当に猫の供養塚が建てられるんじゃないか。なんていう皮肉を、詠も嘆くように言っている。

……そんな猫塚の前に夜な夜な猫が集まってたら、そりゃあますます猫の供養塚に近付いちゃうでしょうに。

美世は思わず、そんな皮肉も言いたくなるのだけど。

「何か、私たちにできそうなことはあった？」

大川に死体が上がったとしても、それは墨引の内側——町奉行所の管轄内なので、本所改の出る幕はない。そのはずなのだけど、今回、求馬が呼び出されていたことが気になっていた。

「それがな、両国橋で起きた例の『窮奇』の騒ぎについて、動きがあったのよ」

詠の苦々しげな表情から、悪い方向へ動いてしまったのだと察せられた。

「もしかして、私の推察が外れていて、本当は別の犯人が居たとか？」

「いや。それはなさそうだ。ちょうど弥太郎が倒れたところを見ていた猫が居たんだが、やはり弥太郎に近付いた者は一人も居なかったって話だ。あれは弥太郎の自傷と見て間違いないだろう」

「でも、その話しぶりだと、まだ弥太郎さん本人からは話が聞けていないみたいね」

それは必然的に、ひっ捕らえることができていないということでもある。

「ああ。さっき求馬が奉行所の与力たちと話しているのを小耳に挟んだんだが、どうも日中、包丁を発見して取り調べをしようとしたときには既に、行方知れずになっていたらしい」

「行方知れず？」

「ああ。だが、ついさっき行方が解ったのよ。……大川で上がった死体、それこそが弥太郎の死体だったんだよ」

「……え」

美世は困惑して言葉を失った。確かに「大川で死体が上がった」という話ではあったけれど、それが弥太郎とは繋がっていなかったのだ。

「死体が上がったのは、日没からそんなに経《た》ってない頃だ。大川に群がる船の宴会もたけなわ、ちょうど花火も最高潮になる頃合いのことだったらしい。うろ船の船主が、一艘《そう》の屋根船に船を寄せようとしたところ、どうにも櫂が重く、動かせなくなった。それでも無理に動かしたところ、水の中から弥太郎の死体を引っ張り上げちまったって話だ」

「溺死、なの？」

「それは解らん。なんか珍妙な若い医者が死体を視《み》たんだが、『身体の青白さから、恐らく溺死ではあるだろうが、他の原因が無いとも言い切れない』という程度のことしか解らないそうだ」

「なるほど」美世は頷きながら、さすがに気になったことがある。「珍妙な若い医者って、どういうこと？」

美世が聞くと、詠は皮肉を込めたように笑った。

「いきなり死体の着物をひん剝《む》いて、尻を出したかと思ったら、その尻を両手で摑んで、『尻の穴が広がっている。これも溺死の特徴だ』なんて言ってたのよ」

「そ、それは、とても珍妙な方ね……」

美世は思わず眉根を寄せて、言葉を選ぶように呟いた。

「誰かが『河童の仕業じゃあないのか？　尻子玉が抜かれたんじゃやないのか』って聞いたようだが、それにも『河童の仕業じゃあない』って即座に断言したらしい」

「へぇ」美世は思わず感心したように息を漏らした。

確かに、尻の穴が広がっているのは、河童が人間の尻子玉を抜き取った場合の特徴でもある。それを見て、単なる事故の溺死を河童の仕業にされたことも多いと聞く。

ちなみに尻子玉というのは、何かの臓器ではなく、臍《へそ》の下あたりの『丹田《たんでん》』というツボに溜まった『気』の塊のことを言うらしい。それが、お尻の穴からだと取り出しやすいのだと、河童たちは言っていた。

丹田は、武士などが戦いの際に力を込めて気を溜める場所らしく、武士の尻子玉は絶品だったらしい。ただ、太平の世が続いて本当の意味での真剣勝負が少なくなったために質が落ち、ここ二百年ほどで、河童たちも尻子玉への興味を失くしたのだとか。

「その医者が変わってるのは、そこだけじゃない――」詠はどこか楽しそうに言う。

「『今すぐ喉や胸を切り開いて、喉や肺腑《ふ》の中身を見れば、死因は正確に解る。だから今すぐに腑分けをやらせてほしい』なんてことも言ってたのさ」

「それは……」美世は思わず絶句しかけた。「さすがに、死罪ではない死体を腑分けなんてできるわけないでしょう」

細かく言えば、死罪であっても、腑分けに回されるのは女性の死体と決まっていた。男性の死体は、いわゆる様斬《ためしぎ》りとして、専任の者が刀の切れ味を確かめるために利用するのだ。

この腑分けが、杉田《すぎた》玄白《げんぱく》などの蘭方医《らんぽうい》にとって非常に役立った、という話は美世も聞いたことはあるけれど、それを死罪になった者以外でやろうという話は聞いたことがない。いくら遺体であっても、人を切り刻むという行為は忌むべきことなのだ。たとえ仇討《あだ》ちが認められても、たとえ侍が「斬り捨て御免」で許されたとしても、心の内では忌まわしく思われている。

「求馬たちも、そんなのは無理だと言っていたよ。何より、死んだ奴の父親の前では、そんな話をすること自体、控えるべきだってな」

「あ、ご家族の方はすぐに来られたのね」

「すぐどころの話じゃあない。父親の目の前で、大川から死体が出てきたのさ」

「えっ⁉」

「うろ船の船主が弥太郎の死体を拾い上げたとき、そこに居合わせた屋根船のお大尽ってのが、他の誰でもない、父親の弥左衛門だったんだと」

「それは、お辛いでしょうね」

美世が同情しながら言うと、詠は飄々《ひょうひょう》と言い返してきた。

「そうなのかもな。確かに弥左衛門は泣いていた。ただ、どうも弥左衛門にも怪しいところがある」

「どういうこと？」

「実は、うろ船の船主が、弥左衛門の声を聞いていたんだ。弥太郎の死体が見つかったとき、弥左衛門はこう言っていたらしい。『どうしてこんな所で』って」

……どうして、こんな所で？

美世は、心の中でその言葉を繰り返してみた。

息子が死んでしまっていたことへの驚きだろうか……。と考えてみたけれど、これは違う。

もし、死んでしまっていることに驚いたのなら、「どうして死んでしまってるんだ」という風な言い振りになるはずだ。それこそ、「どうして？」だけでも十分に伝わるだろう。

それなのに、弥左衛門は、「こんな所で」と付け加えている。

「それってまるで、弥太郎さんが死んでいることよりも、死体のあった場所――死体が大川から出てきたことについて驚いている、と言っているような口ぶりね」

「ああ。求馬たちも美世と同じことを考えたらしい。弥左衛門が息子を殺してしまって、死体をどこか別の川やら堀やらに捨てたところ、そこから流れ流れて大川から出てきたんじゃないか、と。弥左衛門にしてみれば、捨てたはずなのにとか、隠したはずなのにとかいう思いがあって、つい『どうしてこんな所で死体が上がるんだ？』と呟いてしまった、と――」

詠の話を聞いて、美世は納得しかけて、ふと、微妙な引っ掛かりを覚えた。

……でも、もしそうなら、「どうしてこんな所『に』死体があるんだ?」って言う方が、違和感がない気がする。もちろん言い回しなんて人それぞれなんだから、これだけのことで怪しんだりするのは可笑しいけれど。

「ただ、弥左衛門はずっと『殺してねぇ。俺は知らねぇ』と言い続けていた。まぁ、嘘《うそ》かどうかは俺には解らんけどな」

「なるほど」美世は腕を組みながら、考えあぐねる。「弥左衛門さんから話を聞き出そうとするだけじゃ、埒《らち》があかなそうね。何か別の証拠が出てこないと、下手をすれば、弥左衛門さんを処したら真の下手人を逃してしまった、なんていうことにもなりかねないし」

そんなことをしてしまったら、畢竟《ひっきょう》、弥太郎を殺した下手人だけが得をすることになってしまう。そんな馬鹿な真似、できるわけがない。

……もしこれが殺しだったとしたならば、だけど。

まだ別の原因も考えられる以上、下手に断定はしない。

「今のところ、弥太郎さんが自分から川に落ちたのか、それとも、落とされたのかについては、まだ解っていないのね」

「そうだな。医者に見せてもそこまでは解らんようだし、求馬たちも俺たちも、何か証拠を見つけたわけじゃない。ただ、弥太郎の死体が上がったのは、両国橋より上流、しかも距離にして五〇間——いや一町ほどは遡った場所だ。少なくとも、橋から落ちたわけじゃあない。まぁ、川開きしたばかりの大川は、昼夜を問わず人で溢れているからな。何か争いがあれば、必ず目撃した者や痕跡なんかが残っているだろう」

「そうね。それを私たちの方でも探ってみましょう」

「美世なら、そうするだろうと思ったよ――」

詠は溜息交じりに、だけど楽しそうに言った。

「さすが、本所改の裏の元締めだ」

「その言い方はやめて」

「なら、真の元締めだな」

「いや、元締めっていう方をやめてくれないかなぁ」

美世の立場は、少し曖昧だ。厳密に言えば、本所改に任命されているのは求馬のみなのだけど、この役職は代々真淵家が任されてきたものでもある。そのため奉行所も、求馬だけでなく美世が任務に当たることを黙認してくれている。

その上で、美世は妖怪たちのことも『同僚』として、彼らと協力して任務に当たるのだ――こちらはさすがに非公認だが。

それこそ、本職の本所改すら知らないような水路や地下通路だって、河童や猫又たちの協力があれば難なく捜査していける――美味しい魚を給与として。

「まぁ、今回の件については、俺らじゃないと上手く解決できないかもしれんしな」

「それって、どういうこと？」

「実は、ここ一月あまり、弥太郎の周りでは奇妙なことが起こっていたらしい。あの店の辺りにいる猫たちが口を揃えて言ってるんだけどな。真夜中に出歩いていた弥太郎が……まぁそれだけでも十分に怪しいんだが、そんな弥太郎が、真っ黒い『影』に追われていたらしいぜ。『置いてけぇ、置いてけぇ』って言われながらな」

「そ、それって」

美世は思わず目を見開いていた。

「まるで、『置いてけ堀』みたいな話だよな」

詠は、実に面白そうに言った。

『本所七不思議』の一つに数えられる、怪異の名を。

その直後、求馬も屋敷に戻ってきた。

そしてさっそく事件のことを話してこようとした。

「実は、両国橋の上では、やはり弥太郎が一人で……」

「解ってる」

「その弥太郎が、当初は行方知れずになってて……」

「知ってる」

「……お、大川で上がった死体なんだが、なんと実は……」

「大丈夫。詠に聞いた」

目新しい情報は、何もなかった。

「くっ！」

求馬は恨めしそうに詠のことを見つめた。詠は、既に自分の仕事は終わったとばかりに、美世の布団の上で丸まって眠っている。

「いや、まぁ、解っているなら話は早い――」

求馬は、どこか諦めたように言った。

「どうせ知ってると思うが、弥太郎は、深夜に出歩いていたらしい。そんな弥太郎を、黒い影が追いかけていたっていう話がある。『置いてけぇ。置いてけぇ』って、まるで『本所七不思議』の『置いてけ堀』みたいに。そのため、本所改も、この案件について捜査することになった。協力してくれるな？」

そんな求馬の言葉に、美世は「任せなさい」と頷いた。

五

『置いてけ堀』の怪談によく似た、奇妙な目撃談。夜に出歩いていた弥太郎が、黒い影に「置いてけ」と言われながら追いかけられていたという。

単純に考えれば、魚泥棒をした弥太郎が追いかけられている光景としか思えない。

それなのに、そう単純に考えると説明のつかないところがある。

追いかけていた黒い影は、どうして役所に訴え出ないのか。

しかも、その後、弥太郎は大川で死体になって発見された。父親の目の前に引っ張り上げられるように。

いったい、何が起こっているのか。それを調べるべく、美世と求馬と詠は、この置いてけ堀の噂が出ている堀へと向かった。

現場になっていたのは、錦糸堀からもほど近い、竪川のすぐ横にある堀だった。

堀とはいっても、周囲の流れのある川とは切り離されていて、池のようになっている。周囲には草木も植えられているため、尚《なお》のこと。

ここは、源治が縄張りの一つにしていた堀だ。

『していた』と過去形になっているのは、他でもない。源治が話していたように、河童の苦手な物がたくさん投げ込まれたため、今では河童たちが使えなくなってしまっているからだ。

今回も、河童と一緒に調べたいところだったのだけど、源治だけでなく他の河童にも、何が投げ込まれているか解らないからと、捜索には来てもらえなかった。

そのため今回は、陽《ひ》の高いうちから動くことにした。妖怪と一緒に行動するには、やはり夜――せめて夕方以降の方が都合も良いのだ。

――詠を除いては。

すっかり人間と同じ時間帯での生活にも馴染《なじ》んでいる猫又・詠。今回も、猫ならではの身のこなしで、すいすいと堀の端を歩いていく。

「あんまり勝手に動き回らないでよ」

いつもの調子で、美世が思わず声を掛けると、周囲から小さく笑い声が聞こえてくる。猫に話し掛ける女性は、格好の注目の的だった。

「猫と話すなんて、むかしばなしのおばあさんみたい」

子供が無邪気に笑っている。

……おばあさんはやめて。

心の中でそう思いながら、美世は笑って誤魔化す。

「美世、ここを見てくれ」

ふと詠が声を掛けてきた。声はすれども、姿が見当たらない。

「どこに行ってるの？」

思わず再び声を掛けると、「ここだ」と返ってきた。声のした方を、ジッと見る。

柳や葦《あし》が生い茂るその奥で、詠が手を振っていた――二本足で立ちながら。

「なっ⁉」

美世は思わず辺りを見回した。だが幸いにも、二本足で立って手を振る猫に気付いた人は居ないようだった。むしろ、突然変な声を上げた美世に注目が集まっている。

それほど見えづらい位置に詠は居た。上には柳、横には葦、それ以外にも雑草が生い茂っている場所。恐らく美世の立っている位置からでないと見えないのだ。

美世は、胸の早鐘を落ち着けるように深呼吸しながら、足場を確認しつつ詠の近くまで行った。

「この、葦の中に隠れるように、コイツがあった」

詠は、器用に手で――もとい前脚で、葦を掻き分けた。するとそこには、見るからに人の手で作ったとしか思えない柵があった。

かなりしっかりとした作りの、竹の柵。葦の下に隠れながら、水中を泳ぐ魚の道を塞いでいる。

「さらに、ここに生えているように見える葦は、ほらよ」

詠は、すぐ隣に生えそろっている葦を、ポンと前脚で叩いた。

一瞬、その可愛《かわい》らしさに目を奪われそうになるが、すぐに別の所に意識が集まる。

葦が、水面をスゥーッと流れていったのだ。

まるで草が水面に浮いて生えているように——否——実際に浮いているのだ。

「この堀、葦が生い茂っているせいで狭く見えるんだが、よく見ると、ここらの葦は竹の筏《いかだ》に乗せられて浮いているって寸法だ。その下に隠されるように、小さく堀が続いている。この堀は、一見すれば円形だが、実際は歪《いびつ》な瓢簞形になっているのさ」

美世は、詠の言葉を求馬にも伝えながら、推察する。

見えないように堀の中に柵を作り、さらに堀が続いていることも隠そうとしていた。

そこにさらに、これまで源治や詠たちから聞いていた話も、絡んでくる。

「……まさか、ここに秘密の生簀《いけす》が造られていた？」

そう考えると、いろいろなことが繋がる。

詠も同意するように頷いていた。

「いったいどういうことだ？」

求馬が説明を求めてきた。

美世は話をしようとして、すぐに口を閉ざした。これまでの行動で、美世たちは注目を集めすぎていた。周囲の野次馬たちの耳目が、美世たちに集まっている。

求馬もそれに気付いたようだ。

「私は、本所改の真淵求馬である！　この堀に子猫が落ちたという話があったため、急遽《きゅうきょ》、子供らにとっても危険がないかどうか確認すべく、調査している次第である！

ご容赦願おう！」

そんな求馬の咄嗟《とっさ》の機転で、この場は何とか収まった。

ただ、ここでこのまま話をするのは難しそうだ。適当に『調査』のふりをした上で、美世たちはその場を後にした。

その帰り際。女の子が歩み寄ってきて、詠に向かって「子猫さん、見つかるといいね」と心配そうに声を掛けていた。

「……俺はどうせ独身だよ」

そう苦々しく呟いた声は、哀しげな「にゃあ」という声になって、女の子に届いたことだろう。


黄昏刻の真淵家。妖怪たちも動き出す時刻。

源治にもご足労願って来てもらい、昼間の調査について話をした。

「なるほどなぁ――」

源治は、呆《あき》れ半分、感心半分のような声を漏らす。

「その生簀があったせいで、この堀の辺りにちょくちょく釣り人が来ていたってことか。そりゃ生簀なんだから、魚がたくさん釣れるに決まってるわな」

「そして、生簀で釣りをしていたのだから、生簀の持ち主からは『置いてけ』と言われるに決まっている」

美世の話に、求馬も頷いた。求馬は努めて、源治の方を見ないようにしている。

「弥太郎の死体を発見した船主は、こんなことも言っていた。弥太郎が働いていた越野屋は、『高級な料理茶屋と同じ仕入れ先』にしたらしいと。そのため最近の越野屋は、鯉料理の味が格段に上がっていた。しかも越野屋は、それを安く提供している」

それらを踏まえて、美世は結論を述べる。

「つまり、『置いてけ堀』の噂の真相は、単なる鯉泥棒だった。料理茶屋の生簀から、質のいい鯉を盗んでいた、ということ。だからこそ、料理茶屋と同じ仕入れ先の鯉を、安く提供することができたっていうわけね」

弥太郎は、夜な夜な、料理茶屋の生簀から鯉を盗み出していたのだ。そこを生簀の管理者に見つかり、追いかけられた。その様子を、一部の町民や妖怪らが見聞きしていた。それが、「置いてけ」と言いながら弥太郎を追いかける黒い影の正体――『置いてけ堀』の噂となっていたのだ。

……とは思うんだけど。

「でもよう、それにしちゃあ可笑しくねぇか？」

源治が、自分の頭の皿をペチペチ叩きながら言った。

「その料理茶屋ってのは、魚を盗まれたんだろう？　それなのに、どうして何も言わねぇんだ。わざわざ生簀も隠しててよぅ」

そこなのだ。

今回の件は、ただの魚泥棒ではない。

そこで美世は、先日の源治の話も合わせて説明しつつ、求馬に話を振った。

「そもそも、あそこの堀には生簀なぞないはずなのだ。少なくとも、そんな届出はないし、話に聞いたこともない――」

本所深川の堀・河川については、本所改の求馬はすべて把握している。その知識量たるや、河童にだって勝るとも劣らないのだ。

「つまり、その料理茶屋は無断で生簀を造っていた。だから、役所に『盗まれた』と言い出すことができなかったのだろう」

求馬はそう話すのだけど、美世はどうも引っ掛かる。

根本からして、何かが可笑しい。

どうして、料理茶屋はそこに生簀なんて造ったのか。

鯉を獲るなら、大川がすぐそこを流れているのに。わざわざ狭い生簀で苦しめなくても、広大な大川で元気な鯉を獲ってくればいいだけなのに。

……どうして、それをしないのか。

そう考えたとき、これまでの話のすべてが、繋がった。

大川の鯉は、泥臭い。

それは誰もが口を揃えて言っている。素人でさえそんなことを言っているのだから、料理茶屋ともなれば、そんな鯉をお客さんに出すことなんてできなかった。

つまり、どこか別の所から、上質な鯉を獲ってこなければならなかったのだ。

……利根川？　荒川？　それだったら、何も隠す必要なんてないはず。

隠さなければいけない、他言できないような所から獲って――盗《と》ってきているのだ。

「源治さん。前に言ってましたよね。最近の大川の鯉は、かつて江戸川で獲れた鯉みたいに旨いって」

「えっ⁉　あ、あぁ、確かに言ったけどよ、それがどうしたってんだ？」

声が裏返り、目が泳ぐ。源治は酷く狼狽《うろた》えていた。

その様子を見て、美世は視線を鋭くして源治を睨みつけた。

「さては源治さん、あの秘密の生簀の鯉を食べたことがありますね？」

「うっ」源治は喉を詰まらせるように呻《うめ》いた。「た、確かに、ちょいとつまみ食いをしたよ。だが考えてもみてくれ。わしの目の前にあんな御馳走《ごちそう》を置かれていたらどうしようもあるめぇ。据え膳食わぬは男の恥！　そ、そもそも、わしの棲み処に生簀を造ったのが悪いんだ」

調子っぱずれな声を上げながら釈明する源治。それは後で咎めるとして。

今は、源治の証言を突き詰めていく。

「源治さんが食べた鯉は、間違いなく美味しかったんですね？　江戸川の鯉と同じくらいに」

「え？　あぁ。まぁ、そりゃ旨かったよ。身が分厚くて、皮もパリッパリでな。あの紫色に輝く姿は、思い出しただけでも涎《よだれ》が出てくらぁ」

どこか夢見心地で語る源治に、美世は納得して頷いた。

「江戸川って、どういうことだ？」求馬が困惑しながら聞いてきた。「江戸川なんて、ここから東に二里も行った先じゃあないか。水路も直接は繋がっていないから、陸を歩いて行き来しないといけなくなる。いくら旨かろうが、そんな遠くから魚を持ってきたら傷み始めてしまうだろう」

「違うわよ、兄さん。江戸川は江戸川でも、そっちの江戸川じゃないの」

「他に、江戸川があるのか？」

求馬の問いに、美世は頷く。

「西から大川に流れ込んでいる、神田川《かんだがわ》。あの中流――小石川《こいしかわ》の後楽園《こうらくえん》とか早稲田《わせだ》の辺りを流れている辺りの川も、江戸川っていうのよ」

「……なるほど」

いくら求馬が川や堀に詳しいといっても、それは管轄内の本所深川についてだけ。

それ以外はそこまでではないのだ。

美世は、続けて江戸川の歴史を説明した。美世は歴史について詳しいのだ。

遡ること約一〇〇年——綱吉公の時代。江戸川にたくさんの鯉が放流され、綱吉公の寵愛《ちょうあい》を受けた。その一帯は、将軍家直轄の禁漁地域——御留川《おとめがわ》とされた。

綱吉公が崩御されて以降、八代将軍吉宗公なども、何度か鯉を放流したという。

綱吉公のような『不殺』の禁は解かれたものの、将軍家のための御留川であることには変わりなかった。

そのため、鯉たちは悠々自適に、そして丸々と育ち、将軍家のみが食べられる特別な鯉——『紫鯉《むらさきごい》』として重宝されることとなった。

当然ながらと言うべきか、その評判を聞きつけた連中が、禁を犯して鯉を獲ることが後を絶たなかった。

味の評判と、捕まった者への厳罰が、いっそうその味に興味を持たせるのだろう。

そして現在も、江戸川は御留川のまま。

丸々と育った紫鯉たちが、変わらず悠々と泳いでいる。

その説明を終えると、求馬はしかつめらしい顔をして言った。

「つまり、あの隠し生簀を造った料理茶屋は、禁漁の江戸川から、あろうことか将軍家の鯉を盗み取っていた、ということか」

「ええ」

「証拠はあるのか？」

「源治さんの舌が、江戸川の鯉の味を覚えていたわ」

「なるほど」求馬は納得したように頷いて、かと思うとすぐに首を傾《かし》げた。「ということは、その河童も、将軍家の鯉を盗み食いしていたってことじゃないか」

「そうなのよねぇ」

美世は思わず源治を睨み付けた。

「ふん」源治はくちばしを尖《とが》らせながら言う。「禁漁区だとか将軍の物だとか、それは人間の理屈だろう。わしらはただ、あの川で生きているってだけなのによぉ」

そう言われてしまうと、美世も言い返せなくなってしまった。

川の位置が変わる。川が埋め立てられる。そんな人間の都合で、河童は居場所をころころ変えなければならなくなっている。魚を獲るな、食べるななどと一方的に人間が言うのは、確かに違うように思う。

ただ、今はその話をしている場合ではない。

「ともあれ」美世は強引に話を戻す。「十分な証拠がないなら、これから証拠を出してもらいましょう。料理茶屋としては、味を落とすわけにはいかないでしょうから」

「今後もまた、江戸川から鯉が盗まれるということか」

美世は頷いて、さっそくこれからの作戦を求馬たちと話し合った。

六

草木も眠る丑《うし》三つ時。

あいにくの雨——否——この男にとってはむしろ格好の雨というべきか。

月の明かりもない宵闇。川の水は、ただただ黒い。

江戸川の水面に幾つもの小さな波紋が広がる中、一艘の舟に乗り、大きな波紋を広げながら進んでいく。

水を掻き上げることなく、竿竹で川底を突くように押し、水音を立てずに進む。

その水中では、既に網が広げられている。そこにいた鯉たちは、水の外に出ることなく、いつの間にか移動をしていることになる。その網を水上には出さないよう、何より鯉が跳ねないよう、常に水中に保ちながら、進む。

このまま静かに舟を押しながら、江戸川、神田川を下り、大川に出るつもりだ。そして今度は、対岸に流れ込んでいる竪川を遡るように進み、目当ての堀に届ける。

もし途中で誰かに見つかっても、問題ない。

パッと網から手を離せば、水中で開かれるようになっている。鯉はいつものように泳ぎ回るし、網はそのまま底に沈む。結果、ここには何の証拠も残らない。

ちょいと怪しい夜の散策をしていただけ。

それで多少は怪しまれることになったとしても、御留川の紫鯉を盗ったことに比べれば、些細なことなのだ。

そのとき、ふいに暗闇から声がした。

「置いてけぇ……置いてけぇ……」

「ひ」

思わず男の喉から息が漏れた。と同時に頭を切り替えて、すぐに網から手を離した。

……どうせ誰かが脅かそうとしているだけだ。それでビビったところを「御用だ」なんてことになったら堪《たま》らねぇ。

それに、もしお化けだったとしても、ほら、言われた通りに置いていくんだから許してくれよな。

男は、顔を引き攣《つ》らせながら皮肉に笑んだ。

「置いてけぇ……置いてけぇ……」

なおも声はやまない。

……置いていっただろうが！

男は思わず言いたくなったが、もし言ってしまったらお終《しま》いだ。それじゃあ「盗っていた」ことを認めてしまうのだから。

「なぜ置いていかないぃっ！」

「へぇっ⁉」

……逃げるしかない。

口調が急変した。明らかに怒っている。

男はもうそれしか考えられず、竿竹を持つ手に全身の力を込めて、川の底へと押し込んだ――ベキッ――ふいに竿竹が折れて、危うく舟から落ちそうになる。

男は舟の縁をしっかり摑んだ。途端、舟を取り囲むように、激しい水音が上がる。

「鯉の命の償いに……」

水の中から声がした。何がいるのか確かめたい――確かめたくない。逃げたい――逃げられない。男は混乱しきりだった。

男の真正面に、ふいに水柱が立った。人間ほどの高さの水柱。だが人間であるわけがない。ここの川の深さは、人間の背丈の五倍はあるのだから。

男が恐怖に慄《おのの》く中、水柱を突き破るように何かが現れた。

「お前の命を、置いていけぇ！」

くちばしを大きく開いた河童が、男に飛び掛かってきた。

「ひっ、ひゃあぁ……ぅ」

男は、舟の上で白目を剝いて倒れた。

その様子を物陰から見ていた求馬は――いや正確に言えば怖くて見ていなかったのだが――すかさず舟に乗って、気絶している男に近付き、慣れた手つきで縛り上げた。

そして、自分の背中に縛り付けるようにして川から上がり、適当な所で男を下ろす。

「皆さん、ご苦労様です――」

一方の美世は、捕物に協力してくれた河童たちにお礼を言って、こっそり帰ってもらった。見返りとして、後で美味しいと評判の『利根川の鯉』を届けることを約束している。

「だから源治さん。その鯉は置いていってください！」

こっそり鯉を隠し持っていた源治を、美世が咎める。

「ひえぇ。置いてけ堀のお化けが出たぁ」

源治はからかうように言って、鯉を放って川の中に消えていった。

本当はもっと真面目にお礼が言いたいのに、妖怪たちときたら、いつもこんな感じになってしまうのだから。

美世は嘆息交じりに苦笑すると、改めて、鯉泥棒を見やった。

深川の料理茶屋『ゑびす屋』の主人を。

今回の件は、犯罪が幾つか重なってしまっていた。

まず始まりは、ゑびす屋の主人が、御留川である江戸川の鯉を盗んだこと。

その上で、立派すぎる鯉を店の生簀に入れていたら、すぐに足が付くからと、大川に繋がる竪川の近くの堀に、生簀を造って隠していたこと。

他方で、そのゑびす屋の隠し生簀から、越野屋の弥太郎が鯉を盗んだこと。

これらが重なったため、ゑびす屋も弥太郎を訴えることができず、一方の弥太郎は、さらに罪を重ねていった。

それが、ある日、変わってしまったのだ。

「それまでも、アイツが盗んでいるのを見つけたら、『置いてけ、置いてけ』って言ってたんだ。怪談があるのは知ってたし、そいつを利用して、怖がってやめてくれたら良かったんだよ――」

ゑびす屋の主人は、項垂《うなだ》れながら、観念したように語った。御留川での漁を現行犯で捕まったのだ、どのような申し開きも無駄だと悟ったのだろう。

「それが、あの日の夜はアイツも様子が可笑しくて、俺が追いかけてたら途中で倒れたもんだから、俺も追い付いちまったんだよ」

それは、本来良いことのはずだ。だけど主人は、泣きそうになって声を震わせる。

「見たら、アイツは腕と脚を怪我してて、そんな状態で盗みを働いてたのさ。そしたらアイツは、『父親に命令されたんです。本当は嫌なんです』って……。『怪我をすれば、盗みに行かされなくて済むはずだって思って、だけど、自分でわざと怪我をしたなんて知れたら、親父《おやじ》に何をされるか解らなくて。だから、誰かに襲われるようにしたかった。だけど、もしその誰かがでっち上げられて捕まっちまったら、そんなの耐えられない』って。それで、自分の故郷の何とかっていう妖怪のせいにしたんだと」

窮奇のせいにしたのだ。

自分のせいだと思いたくない人間が、妖怪のせいにする。

それは、美世が何度も見てきた光景。

心が弱い人間の、逃げ道。

「だけど、そんなこと言われたって、俺にはどうすることもできねぇ。アイツは、俺の顔を見たんだ。アイツが怪我をしていたせいで、俺はアイツに追い付いちまった。こんなつもりじゃなかった。だけどこうするしかなかったんだよ。だから、見逃すふりをして、奴が背中を向けた瞬間、あの堀に突き落としたのさ」

ゑびす屋の主人が捕らえられた。それと併せて、越野屋の弥左衛門に対しても尋問が行われた。

「息子には、『仕入れの秘訣《ひけつ》を盗んでこい』とは言ったさ。特に人気のゑびす屋なんかいいだろうってなぁ。それがまさか、ゑびす屋の鯉をそのまま盗んでくるなんて、誰が思うかよ！」

弥左衛門は、すべて「弥太郎が悪い」と言い続けていた。

だが、越野屋の馴染みの客にも聞き込みをすれば、それが嘘だということはすぐに判った。あの弥太郎が、弥左衛門の命令と違うことをするわけがない。そんなことをできるわけがない、と。

それでも、弥左衛門は足掻きに足掻いた。

「聞いたぞ。あのゑびす屋こそが、御留川の鯉を盗んできた極悪人だってことじゃねぇか。悪いのはゑびす屋だ！　むしろ、俺たちのお陰で、ゑびす屋の悪事を暴くことができたんだぞ！　なぁ違うか？　俺は悪事を暴いた方なんだよ！　俺がやったことは正しいんだ！　そうだろ？」

そんな自分勝手な言い分を、まともに聞く者はいなかった。

『置いてけ堀』の河童の仕業と思われていた本件は、己の罪を妖怪に着せようとした、人間たちの仕業だった。

これにて一件落着――

――とはならないのだ。

美世には、どうにも腑に落ちないことがある。

弥左衛門にいくら話を聞いても、弥太郎の死体が大川から出てきた理由が解らないのだ。

弥左衛門自身、「てっきり、竪川の堀の近くに居ると思っていたら、まったく逆方向の大川に出てきて、しかも死体になっていて混乱した」のだという。

もし窃盗が見つかって、そのせいで殺されたとしても、隠し生簀がある竪川の近くか、ゑびす屋のある深川で発見されるだろうと思っていたのだと。

弥左衛門は、つくづく薄情な男だったのだ。そんな他人事の心持ちから、「どうしてこんな所で」という台詞《せりふ》になっていた。

ただ、弥左衛門が言うことも、もっともなのだ。

竪川は大川に繋がってはいる。けれど、それは両国橋の下流――橋から見て三町ほど先のことなのだ。まかり間違っても、両国橋の上流一町の位置には、流れ着くわけがない。

では、どうして弥太郎の死体は、あんな場所で見つかったのか。

それをやったのは――

「源治さんですね」

美世は、弥太郎の死体を運んだモノの名を言った。

「源治さんは、前にこう言ってました――」

源治が夜に真淵家を訪ねてきて、堀へのゴミの投げ捨てに憤っていたとき。

「ゴミを投げ捨てられたときは、いつも落とし主に対して返しに行っている、と。だから今回、弥太郎さんの死体が自分たちの堀に落ちてきたときも、それを『落とし主』に返そうとした」

「ああ、そうだ――」

源治は肯定した。

「あの弥左衛門って男が、弥太郎って男をこの世に生み落としたんだからな。そんな落とし主は、ちゃんと責任を取ってくれなくちゃ困るのさぁ」

源治のくちばしの端が、皮肉に歪《ゆが》んでいた。

第二話　三途の川の送り提灯

一

「人が落ちたぞぉ！」

本所の町に声が響き渡った。

今日も、堀に人が落ちたのだ。

東西南北どの方角に向かうにしても、数間も歩けば、堀やら川やら池やら何かしらの水場に当たる。それが、この本所深川という町だ。

埋立地であり水はけが悪いため、排水のために造られた水路もあれば――

埋立のせいで海路が塞がれ、下総側の物品を運ぶには迂回《うかい》しなければならなくなったところ、その埋立地を東西に貫くように掘って水路としたものもある。

そんな本所深川の町では、水路に沿って道が敷かれている所も多く、柵も垣根も無い状態で、ふと足を踏み外せばそのまま水の中に落ちていく。

酔っ払いであったり、走って勢い余った子供であったり、あるいは喧嘩であったりと、その理由は様々なのだが、とにかく毎日のように人が落ちるのだ。

「自分で上がれるかぁ？　あぁ駄目かぁ。誰か竿竹かなんか持ってきてくれ」

町民たちも慣れたものだ。いっそ、落ち慣れている町民すら居る始末。自分で上がれるようなら放っておくし、無理そうなら適当な長い棒を使って引っ張り上げたり、小舟を出して引き上げたりもする。

大概は無事で済むので、現場には笑い声さえ聞こえてくる。

「おいおい。いくらもうじき大暑だからって、服も脱がずに堀へ飛び込む奴があるか」

咎める声も、冗談めかしていた。

「面目ない。今度落ちるときは気を付けるよ」

答える声も、のんびり穏やかだ。

「そう何度もあるなら、今度は川に落ちたくらい自分で何とかしろ」

「いやぁ。いつもだったら泳げたんだけどなぁ。河童に足を引っ張られたかなぁ」

無事だからこそ言える冗談だ。

周囲も軽く笑いながら、すぐにも自分たちの日常に戻っていった。

そんなやり取りを、心穏やかではいられずに聞いているモノもいる。

「河童の仕業じゃあねぇってのに、何でもかんでもわしらのせいにしやがって。人間が鈍智《ドヂ》なだけじゃあねぇか――」

夜半過ぎの真淵家。

こんな事故が起きる度に、河童の源治は美世に愚痴をこぼしている。

水の妖怪の、いわば代名詞的な存在。水辺で事故が起きたときには、いつも『犯人』として名前が挙げられてしまうのだ。

「臭そうなおっさんを家に引きずり込んで、何が楽しいってんだ。誰を引っ張り込むかっつったら、若い女に決まってんだろうが」

「なんですって？」

美世が思わず睨み付けると、「じょ、冗談だよ」と源治は苦笑する。そして誤魔化すように話を振ってきた。

「そういや、最近はやけに水路に落ちる奴が増えてるよなぁ。この一帯は水路ばかりだから、元から多いは多いんだが、どうも続いているというか」

「ええ。実はそうなんですよ」

源治の言うように、近頃この辺りで――特に南の深川地区一帯で、人が堀や川に落ちる事故が多発していた。

美世が特に気になっているのは、この一月の間で、深夜に起きた五件の事件だった。

そこには、少なからず共通点があるのだ。

まず、深夜に起きた、という共通点がある。もちろん、これだけなら今までも月に数件は起きていた。これだけではないから、美世も気になっているのだ。

その一つは、現場の状況。どこか特定の堀や川などではなく、様々な地点で事件は起きているのだが、そのどれもが夜になると深い闇に包まれる場所だった。

一件目は、深川不動《ふかがわふどう》の門前を流れる大横川沿い。二件目は、同じ大横川でも少し東に行った、木場《きば》の裏手。三件目は、小名木川《おなぎがわ》が大川に合流する付近。四件目は、横十間川《よこじっけんがわ》と仙台堀川《せんだいぼりかわ》の交差地点、かと思うと五件目は、また木場の裏手で起きていた。

そもそも深川は、海に近く、水路が張り巡らされていて、舟運のための倉庫が多く、夜更けには明かりも人通りも無くなってしまうような場所ばかりなのだけど。

そしてもう一つ。被害に遭うのは、一人歩きの男性に限られていた。特に、提灯《ちょうちん》や松明《たいまつ》などの明かりをまったく持っていなかった者ばかりだったのだ。

これらをまとめると、「一人歩きの男性が、深夜にもかかわらず明かりを持たず、真っ暗な道を歩いていたら、堀や川に落ちてしまった」ということになる。

「んなことしてりゃあ、落ちるだろうよ」

と源治も呆れるように、当然と言えば当然のことなのだ。

ただ、根本的に可笑しいところがある。

「そもそも、どうしてわざわざそんな危険なことをしたのか、理解できません。明かりを持っていないなら、暗い道を歩かなければいいだけなんですから」

「どうせ、みんな酔ってたんだろうよ」

「確かに、五人全員、酔ってはいたみたいですけど——」

もう一つ、これらの事件には、どうしても見過ごせない共通点がある。

「彼らが言うには、『送り提灯』の仕業なんだそうですよ」

彼らは口を揃えて、そう言っていたのだ。

横で聞いていた詠が、「はんっ」と鼻で笑う。

「人間さまは、何か解らないことがあればすぐそれだ。また『本所七不思議』の怪談が現実に起こったっていうのか」

口の減らない詠だが、思いとしては美世も一緒だ。

また妖怪の仕業にされてしまっているんじゃないか。もしそうだとしたら、美世だって黙っちゃあいられない。

とはいえ、この案件が妖怪の仕業なのか、人間の仕業なのかは、まだ解らない。美世は、あくまで偏見のないよう、事件に遭った者たちの話を源治に伝える。

夜、明かりを持たずに深川の町を歩いていたら、ふと数間先に、提灯の明かりが見えたという。

そのため、提灯を持つ着物の袖は見えたものの、それ以外は宵闇の中に隠れてしまっていた。男か女かも解らなかったらしい。

距離は少し遠いが、ちょうど、自分の行く道の先を照らすように進んでくれている。

これ幸いとばかりに、その提灯の明かりを頼りにして、追いかけるように夜道を歩いていったそうだ。

やがて、堀沿いの道に出たときも、明かりが先に進んでいるから安心だと、その後をしっかりついていった。

その直後、急に足を踏み外して、気付けば水に落ちていた、という。

前を進んでいた提灯は、ちゃんと先まで進んでいるのに、それを追っていた人だけが堀に落ちてしまった。あの提灯は、地面の無い所を平然と通り過ぎていたのだ。

つまり、あの提灯を持っていたのは、人間ではなかったのではないか……。

男たちは口々に、そう話していた。

この話は、本所七不思議の一つに数えられる『送り提灯』とそっくりだった。

だからこそ──と言うのも何だけど、本所改を務める真淵家にまで、話が集まってきていたのだ。

「相変わらず、ここには変な話が舞い込んでくるねぇ」

源治が愉快そうに言った。美世も思わず苦笑する。

「幸い、死者は出ていないんですけど、そのせいで、奉行所や与力は動きづらいんですよ。『水に落とされた』なら事件になりますけど、今回は、いわば『足を踏み外して、自分から水に落ちた』というかたちなので……」

「まぁ自業自得だわなぁ」

「そうなんですよ。ただ、中には『大事なお金が盗まれた』と主張してる人も居るんですけど、それも実際は落としただけかもしれませんし」

「やっぱり自業自得だわなぁ――」

源治は呆れたように、だけど表情を鋭く一変させた。

「人間の金なんか川に落とされた日にゃあ、こっちは堪ったもんじゃねぇや。兄どのに言って、とっとと浚ってくれないとなぁ」

河童は、金属が苦手だ。触れたら火傷《やけど》のような傷を負ってしまうらしい。そんな河童にとっては、川に金が落ちていることは死活問題になってしまう。

本所深川の河童にとって、水路は棲み処であり、重要な道路でもあるのだから。

「兄さんのところにも、お金を捜索してほしいという訴えが正式に来てますから。本所深川の水路の管理は、本所改の仕事ですし、改めて伝えておきますね」

「おう。もたもたしてたら、堀浚いの度に足を引っ張るぞって伝えておいてくれ」

「そういうのはやめてください――」

美世は源治を睨みつけて言う。

「そんなことをしたら、堀浚いをする度に、神主さんの地鎮だけじゃなくて、お坊さんも呼んで読経《どきょう》もするようにしますよ？」

「ひぇっ。そりゃ勘弁。俺たちゃ仏や坊主が大嫌いなんだ」

源治は耳を塞ぎながら、冗談めかして笑った。

そもそも、源治は気楽に言うけれど、人間には人間の事情があるのだ。

ただでさえ、俗に八百八町《はっぴゃくやちょう》といわれる広大な江戸の町を、南北合わせて二人の町奉行と五〇人の与力、そして二五〇人ほどとされる同心で取り締まろうとしているのだ。事件とは言えないようなものにまで人員は割いていられない、というのが実情だ。

美世がそう説明をすると、源治は苦笑交じりに言う。

「それで最後の望みをかけて、曰く付きの本所改にいろんな話が集まるってわけか」

「そうなんですよ。ここもれっきとしたお役所なのに、どうも、すわ妖怪の仕業か、と思ったらまずは本所改の真淵家に話すべし、みたいな話になっていて……」

「いいことじゃあないか」隣で話を聞いていた詠が、皮肉っぽく口角を上げる。「美世に話が集まってくれりゃあ、いつものようにしっかり解決してもらえて、好き勝手に妖怪のせいだ何だと言われなくて済むんだからな」

「まぁ、それは私も有り難いけど」

「おっ。解決する気満々じゃねぇか。自分に解けない謎《なぞ》はない、ってか？」

「茶化すんじゃないの。まったく、簡単に言ってくれちゃって」

「なんだ？　何か不満なことでもあんのか？」

美世は思わず溜息を漏らす。

「本所改は、妖怪退治ができるほどの神通力《じんずうりき》を持っていないと務まらない、なんて言われちゃってるのよ。お陰で、まだしばらくは、私と兄さんだけで本所深川を取り締まらないといけなくなりそうだわ」

詠が腹を抱えて笑った。「美世がそう言われるのは仕方がねぇが、あの臆病な求馬までそんなことを言われるとはねぇ」

源治も笑う。「いやいや。兄どのも逃げ出さないのは偉いものよ。わしらは時おり水の中でからかってやるんだが、あの男、怯えはすれども仕事を途中で投げだしたりは絶対にせんからな」

「へぇ、兄さんらしいや」褒められた感じで嬉しくなり、そこで美世は、はたと気付いて源治を睨んだ。「源治さん、要らぬちょっかいを掛けないでください！」

美世が怒っても、源治は笑ったまま。きっと、美世のこういう反応も含めて、からかっているのだ。もちろんそれは、命の危険がないからこそだし、逆にいざ危険になったら助けてくれるのが、この源治という河童なのだけど。

……っていうか。

「もしかして、五月の川開きのときも、刃物を捜すために大川に潜っていた兄さんにちょっかいを出したりしてませんか？」

あのとき求馬は、潜っていたとき底の泥に足を取られた、というような話をしていて、それが河童の仕業じゃないかと怯えていたけれど……。

「どうだろうなぁ。あのときのわしは新入りに任せていたからなぁ――」

源治はとぼけるように言った。こういう態度をとるときは、図星を指されたときだ。

「まったくもう。くれぐれも危険なことはしないでくださいよ」

「解ってるよ。わしらにとって、お前ら兄妹は掛け替えのない存在なんだ。みすみす失ったりはしねぇよ」

そういうことは素直に言う。

突き詰めれば自分たち妖怪のためになるから、ということなのだろうけど、それでも大切に思ってくれていることは、嬉しい。

美世は「ありがとう」と素直に伝え返して、この日の談義を終えた。

二

その翌日の、夜半過ぎ。

久々に妖怪たちの訪問がなく、ゆっくり眠っていた美世は、ふと妙な気配を感じて目を覚ました。

外からは雨音が聞こえる。梅雨に入ってから、数日ごとに降っている。

だが、それとは別に、何やら水の音が聞こえた。

外からではなく、この屋敷の中から。

「詠、起きてる？」

美世は、小さく震える声で詠を呼んだ。だが返事がない。視線を送ると、いつもすぐ脇で丸まっている詠の姿がない。もしかしたら、ちょうど猫の集会に出てしまっているのか。だとすると、両国の回向院にある猫塚まで行っているはずだ。

……いざとなったら、隣の部屋で寝ている兄さんを起こしてでも。

とは思うものの、この侵入者、求馬が敵う相手だとは思えなかった。

今、この屋敷はしっかり施錠していて、鍵を開けないと家はもちろん門扉の中にも入ってこられないはずなのだ。無理に入ろうとすれば、その物音で木霊が騒ぎ出し、美世は目覚めていただろう。それが、こうして中に入ってこられているということは。

……人ではないモノが訪ねてきた？

となれば、求馬に頼るわけにはいかない――頼りない。

これがただの依頼や談笑に来たのだったら、何の心配もない。だが、それだったら声を掛けてきてもいいはずだ。それなのにこの来訪者は、一向に言葉を発しない。

美世は、音が出るほどじっくりと唾を呑み込んで、音を立てないようゆっくり立ち上がった。何が来ているにしても、戦うにしても逃げるにしても、布団の中で横になったままでは対応できない。

夜着の帯をキツく縛りながら、美世は忍び足で襖に歩み寄り、その向こうから聞こえてくる音に耳をそばだてた。

ぴちゃ……ぴちゃ……。水のしたたる音が聞こえる。

……河童？　人魚？　濡女子《ぬれおなご》？

美世は、水に関係している妖怪たちを思い浮かべた。

……それとも、水死をした幽霊？　お岩《いわ》さんみたいに、愛する男に騙《だま》されて非業な死を遂げて、川に流されてしまった者の怨霊、とか？

そんな想像をしてしまって、美世は身体の震えが抑えられなかった。奇《く》しくも、近年『東海道四谷怪談《とうかいどうよつや》』という歌舞伎狂言が話題となっていた。美世はまだ観ていないものの、そこかしこから噂は聞こえていたのだ。

愛する夫の伊右衛門《いえもん》に惨殺されてしまったお岩の死体が見つかるときのおぞましさや、お岩に呪われた伊右衛門の末路など……。

お勤め柄、本物の死体も見ることが多い美世は、その光景を鮮明に思い描くことができてしまう。それこそ、舞台よりも詳細に。

……これは良くない。想像ばかりしていたら悪い方向に傾いていくだけ。遠目からでも正体を確認しないと。そして確認して、場合によってはすぐ逃げる！

しばらく目を瞑《つぶ》って、暗闇に目を慣らす。そして覚悟を決めて、美世はそうっと襖を滑らせていった。

――ガガッ。

襖が引っ掛かり、大きな音を立ててしまった。

「ひゃあっ！」

ふいに甲高い声が響き渡った。弾《はじ》かれたように声のした方を見ると、巨大な影が、太い腕のような物を振り上げていた。かと思ったら、そのまま、大きな音を立てて廊下に倒れてしまった。

辺りが、しんと静まり返る。影は、倒れたままぴくりとも動かない。

美世は、警戒をしながらも一旦自室に戻り、手持ち行灯に火を灯した。

廊下に横たわる影の正体を、照らし出す。

「……兄さん？」

そこには、全身をずぶ濡れにして、白目を剝いて倒れている兄・求馬がいた。

……よもや偽者？

そう思って美世は兄の部屋を覗《のぞ》きに行くが、そこはもぬけの殻。律義にも布団は敷かれ、そこに求馬の着物を筒状に丸めた物が入れられている。これを暗がりで見れば、求馬が寝ているかのように錯覚しそうな状態だった。

「兄さん。ちょっと兄さん！」

何度呼んでも、揺さぶっても、求馬はまったく目を覚まさなかった。

「いったい、何なのよ……」

美世は誰にともなく呟いて、廊下に倒れているこの巨軀を見つめ、溜息を吐いた。


明くる朝。

窓から漏れ入る光に眩《まぶ》しさを覚え、美世は布団からのそのそと起き上がる。

寝間着から小袖に着替えはしたが、髪を整えるのは、後にすることにした。

隣の求馬の部屋は、静かだった。

昨夜、廊下で気絶するように倒れてしまった求馬を、美世は妖怪たちに手伝ってもらいながら、身体を拭いて寝間着を着せて、ちゃんと布団に寝かせていた。

どうやら左肩を痛めているようだったが、傷や出血は見当たらなかったので、ひとまず朝まで様子を見ていたのだ。

美世は静かに襖を開けて、求馬の傍に寄って様子を見やる。寝顔は落ち着いていて、呼吸も整っている。ずぶ濡れで帰ってきたため風を引くのではないかと思ったが、その心配はなさそうだった。そもそも、美世の知っている限り、求馬が風を引いたとか、何か病気になったとかいう話も聞いたことがなかったのだけど。

それでも念のため、医者には診てもらった方がよいだろう。

そう思いながら美世は庭に出ると、全身で朝日を浴びるように大きく伸びをした。

すぐ隣に詠も並んできて、「うにゃあ」と伸びをしている。

美世はその様子を横目で見て、聞こえよがしに溜息を一つ。

「詠。二本足で立って伸びをするのはやめて」

「そうは言ってもなぁ。ずっと四つん這《ば》いで過ごしていたら、猫背になっちまう」

「そりゃそうでしょうよ」美世はまた一つ溜息を吐いた。「そんな姿を誰かに見られたら、どう言い訳をすればいいのよ」

「美世こそ、そんなボサボサ頭で言う台詞じゃあないね。年頃の娘が、そんな姿を見られたらどう言い訳するつもりやら」

「二歩足で立つ猫よりはマシよ」

「そんなの、頭の良い猫だから芸を仕込んでいた、とでも言えばいいじゃあないか」

「嘘は言いたくないわ」

「おう。それはどういう意味だ？」

そんな軽口を言い合うのも、朝の日課のようなものだ。

御家人屋敷が建ち並ぶ一角の、端の方にある真淵家は、江戸の町とは一線を画したように静かな空気に包まれている。ただでさえ町の外れにあるというのに、ここは曰く付きの屋敷。普通の町民なぞは滅多に近付かない。

むしろ、昼間よりも夜の訪問者の方が多い日も、しばしばある。もっとも、夜は夜で、単に話をしに来るモノが大半だったりするのだけど。

そんな油断があったのだろう。

「そもそも詠はさぁ……」

「御免下さい。真淵求馬どのは居《お》られるか？」

美世が詠に話し掛けた瞬間、真淵家の門戸が開き、男が声を掛けてきた。

美世は思わず固まってしまった。その横で、詠は素早く地面に手をついて、あたかも普通の猫でございい、とでも言いたげに、前脚で顔を掻いていた。

男の方も、見るからに困惑しているようで、眉根を寄せたまま固まっている。

見知らぬ男だった。二〇代だろうか。汚れ一つない白の小袖を着ていて、癖のある長髪を後ろで束ね、眼鏡《めがね》をかけている。

眼鏡は高価なので、町民で持っている人は少ない。若い者なら尚更だ。髪形も月代《さかやき》にしていないところを見ると、何か特殊な職に就いているのだろう。

「あ、あの、兄は——真淵求馬はおりますが。どのようなご用件でしょうか？」

美世は戸惑いながらも、努めて平静を装って聞いた。

「私は、大江蘭太《おおえらんた》という。昨夜、求馬がうちを訪ねてくるはずだったが、来なかったので、様子を見に来た」

まるで怒ったように、ぶっきらぼうに言ってくる、蘭太という男。

兄のことも呼び捨てにしているけれど、どういう関係なのだろう。本所改を務めている真淵家は、旗本――身分で言えば武士――に当たるのだけど。

それに、昨夜に会う約束をしていたというのが本当なら、それこそ昨夜の求馬が何をしていたのか知っているかもしれない。

美世は、詠に目配せをしながら警戒をしつつ、男を招き入れることにした。

「そうでしたか。私は求馬の妹の、美世と申します」

「ああ。きみのことは、求馬からも聞いている」

「そ、そうですか――」

どんな話をしていたのか気になるけれど、それを聞くのは無粋というもの。

「兄は昨夜、どうやらお堀にでも落ちてしまったようで、夜半過ぎになって、ずぶ濡れになって帰ってきたのです。そのせいで、今も起きられず横になっております」

「なるほど」蘭太は顎に手を当て、思案しているようだった。「怪我や身体の不調などは……いや、あの男のことだからその心配は無用か――」

そんな反応を聞いて、美世は思わず頬が緩んだ。

……この人は、兄さんのことをよく知ってるのね。

それに、第一に求馬の具合を気にしている様子から、悪い人ではないのだと思った。

「私は蘭方医をしているのだが、念のため、診せてはもらえないだろうか」

「ああ。お医者さまだったのですね――」

美世は安堵の息を漏らす。

……蘭方医の蘭太さん。ちょっと言葉遊びみたいで面白い。

「それでは、ひとまず中へどうぞ。兄の様子を見てから、奥に案内いたしますので」

美世が蘭太を屋敷内に導くと、蘭太は、ふと足を止めた。

「ところで、先ほどきみは、猫と会話をしていたように見えたのだが」

「えっ？　あ、いや、まさか……そんなわけないですよ」

美世はしどろもどろになって、思わず詠を見ていた。

「いや、無理に否定することではない。動物好きの者にはよくあることだ。そうすることで心が落ち着くともいわれているから、今後も気にせず続けた方がよい」

蘭太はそんな助言をして、真淵家に入っていった。

美世が言葉なく立ち尽くしていると、詠が隣に並んで言った。

「まったく、猫と喋《しゃべ》る人間の方が、よっぽど言い訳が立たねぇなぁ」

詠は皮肉に笑みを浮かべながら、外面よく「にゃあ」と鳴いていた。

美世が求馬の自室に入ると、求馬は起きていた。

「兄さん。身体の具合はどう？」

「うん？　ああ、左の肩が脱臼していたが、戻しておいたから問題はない。あとは、少し風気味なのか、喉が痛いくらいか」

飄々とそんなことを言う求馬。ちょっとやそっとの怪我や病気など、求馬には無いに等しいのだ。

「今、大江さんという方がいらっしゃってるわ。兄さんの知り合いだそうだけど」

「……おおえ？」

求馬は、眉根を寄せながら頭を押さえていた。

よもや見知らぬ人を家に上げてしまったのか？　美世は不安に駆られた。

「その、蘭方医だと仰ってたんだけど。長髪を束ねて、眼鏡をかけた……」

「うん？」求馬は首を傾げて、ふと思い至ったようだ。「ああ。大江蘭太……権八《ごんぱち》か」

「ごん、ぱち？」

今度は美世が眉根を寄せていた。

「大江さんと言われたから解らなかった。大江蘭太というのは、芸名……とは少し違うが、屋号のようなものなのだ。本名は、駒田《こまだ》権八——亀戸天満宮《かめいどてんまんぐう》の裏手にある駒田道場の次男坊なんだが、『阿蘭陀《オランダ》』という国名をもじって、『おおえらんた』と名乗っている。大小の大に、江戸川の江、阿蘭陀の蘭に、太いと書いて、大江蘭太だ」

「ええ？」

「彼は、杉田玄白の弟子の、大槻玄沢《おおつきげんたく》という優秀な蘭方医の下で勉強しているそうだ。二年間の長崎《ながさき》留学をして、最新の医学と蘭学も学んでいる。江戸に戻ってきてからは、実家の道場の一角で蘭学塾の講師をしつつ、医者としても働いている。以前、大川で居酒屋の息子の水死体が発見されたとき、検死をしたのが彼だ」

「ああ。あのときのお医者さん――」

急に遺体の服をひん剝いて、肛門まで確認をしていたという、あの……。

美世は思わず想像しそうになって、顔を顰《しか》めた。

「確か、そのとき、『これは河童の仕業じゃあない』と言っていたとか」

それは美世にとって、非常に印象的な言葉だったので、よく覚えていた。

もしかしたら自分と話が合うのかもしれない、と。

「そうだな。あいつはそういうことを言う性格なのだ」

求馬が苦笑交じりに言った。もはや旧知の仲であるかのようだ。

「それじゃあ、今回の事件にも協力してもらえないかしら？　送り提灯の正体が何なのか、突き止めるために」

美世が期待を込めて言うと、求馬は一転、表情を酷く曇らせた。

……もしかして、送り提灯の話で怖がらせちゃった？

そう不安になっていると、求馬は重そうに口を開いた。

「確かに、彼はどんな事件も、絶対に『妖怪の仕業』とは言わないだろう」

「ええ」美世は思わず大きく頷いた。「つまり蘭太さんも、私みたいに、妖怪が着せられそうだった濡れ衣を晴らしてくれるんじゃあないの？」

そう聞くと、求馬は苦虫を嚙《か》み潰したような顔をした。

「それは間違ってはいない。だが、美世とあいつとは、根本的に相容《あいい》れないところがある。彼は、妖怪の存在自体を否定しているんだ」

「え？」

「蘭太は、『この世のすべての事象は、阿蘭陀の先進的な知見をもってすれば、すべて合理的に説明が付く』と考えている。だからこそ、妖怪の仕業だという話は、まったく信じないし、認めない。不思議な力を持つ『妖怪』や『幽霊』などというモノは、存在していないのだから、と」

美世は、言葉が出なかった。

喉が詰まってしまったかのように、息をするのも難しい。

美世は、努めてゆっくり息を吐きながら、隣で丸くなっている詠に目をやった。

詠は、視線だけを上げてチラリと美世を見やる。

「そんな怖い顔で睨むんじゃあないよ」

そう呟いた。

その声は、しっかりと聞こえている。

美世の耳には届いている。


重い足を何とかして持ち上げながら、美世は、蘭太を求馬の部屋へ案内した。

求馬は、蘭太の顔を見るや、どこか申し訳なさそうに苦笑した。

「わざわざ来てくれて済まないな、蘭太。心配をかけた」

「あいにく、求馬の身体の心配はしていない。どうせ、何かに異様に驚いて、気絶していただけなのだろう」

「うっ」

図星を指されて、求馬が呻きながら俯《うつむ》いていた。

求馬が気絶したのは、美世が驚かせたせいもあるのだ。かといって、正直に「私が驚かせてしまった」なんて言ったら、余計に恥ずかしい思いをさせてしまう。

蘭太は、聞こえよがしに溜息を一つ。

「いったい何を見たのやら。話せば気が楽になるかもしれないぞ」

そう言われて、よもや求馬は「お美世に驚いた」と言い出すのではないか、とも思ったのだが、どうも求馬の様子が可笑しい。

「俺も、出会ってしまったのだ」

先ほどまでの明るい声から一変して、消え入りそうな声になっていた。

「出会ったって、何に？」

思わず美世も促すように聞いていた。

「そ、それは」

求馬は、美世を見ながら口を開いて、そのまま何も言わなかった。

口に出すのも怖いのだろうか。ただ、もしそうだとすると可笑しいことが出てくる。

これほど酷く怯えるような求馬が、どうして一人で夜中に出掛けていたのか？

そして、昨夜の求馬のずぶ濡れ具合。雨に降られたとか水を掛けられたとかいう程度ではなかった。

間違いなく、水に落ちたのだ。それも浅い川や池じゃあない。深い水路や堀に。

そこまで考えて、美世は思い至るモノがあった。今ちょうど話題になっているモノ。

「送り提灯」

美世がその名を出すと、求馬は「うっ」と苦しそうに顔を顰めた。

「兄さんも送り提灯に出くわしたのね」

「い、いや、まだあれが送り提灯だと決まったわけではないだろう」

求馬は言いながら、蘭太のことを気にしているようだった。彼の手前、妖怪が居るとは言いづらいのだろう。

「正体なんて後で考えればいいわよ。何が起きたの？」

美世が詰め寄ると、求馬は言い渋るようにしながらも、ぽつぽつと話し始めた。

その内容は、これまで真淵家に寄せられてきた話とほぼ同じものだった。

暗い夜道。明かりを持たずに歩いていると、ふと視線の先に、誰かの提灯の明かりが灯っていた。これ幸いと、それを目安に歩いていくと、いつの間にか自分だけ足を踏み外して、水路に落ちていた。提灯だけがまっすぐ先に進んでいき、そして消えた。

この話を求馬から聞くと、美世はやはり、大きな疑問を持たずにはいられなかった。

「兄さんが、暗い夜道を、明かりを持たずに歩いていたの？」

それは、求馬の性格からすればありえないことだ。

「だって、兄さんはそんな状況になったら、怯えて動けなくなって、足を踏み外すどころか足を動かすことすらできなくなるはずじゃない」

「酷い言われようだ」

「でも、それが事実でしょう」

「いや。俺も成長しているということだ。もう怯えたりはしていない」

求馬はそう言って、笑顔を見せてきた。見るからに引き攣っている。

美世は、聞こえよがしに溜息を吐く。

「ついさっき、送り提灯に『出会ってしまったのだ』って震えていたのは誰？」

嘘も誤魔化しも下手すぎる。

求馬は、妖怪も幽霊も怖いのだ。それは間違いない。

それなのに、その求馬が、夜の深川に明かりも持たずに出掛けていた。

しかも、深川に送り提灯の噂があることは、求馬も知っていたはずなのに。

「兄さん。そんなに怖がってるのに、どうして夜中に一人で出掛けたの？　送り提灯の仕業だなんて言われる事件が起きていることも、知ってたでしょう」

「別に、話すような理由じゃあない」

「話してくれたって問題はないでしょう？」

「……お美世には関係のないことだ」

その台詞は、美世を燃え上がらせるには十分すぎる一言だった。

「だったら、私が勝手に調査していっても、関係ないわよね」

みんなの力を結集して、兄さんが何をしているのか突き止めてみせる。

そしてもちろん、送り提灯の事件の謎も、解き明かしてみせるのだ。

「一ついいか――」

　これまで兄妹の話を静かに聞いていた蘭太が、話に入ってきた。

「今の『送り提灯』と呼んでいる出来事だが、それは別に求馬が怖がるような類の話ではない。人間の仕業だ」

「えっ？」真淵兄妹の声が重なっていた。

　こちらが困惑している一方で、蘭太は冷静に、淡々と説明を始めた。

「これは、提灯を手に持って歩いていると思っているから、まるで妖怪のような、不思議な話になっているだけだ。たとえば、提灯を長い竹の先に付ける――それこそ長い釣り竿でぶら下げていたらどうだ。道が無くとも、川の上をまっすぐ進んでいくことができるはずだ」

「なるほど！」求馬が叫ぶように納得していた。「周囲の暗闇に隠れながら、釣り竿に提灯を括《くく》り付けて吊《つ》るすことで、まるで人が被害者たちの前を歩いているかのように見せかけていたのか」

「そして、いざ川を渡るときに、犯人だけは橋を渡りながら、提灯はそこから数間離れた横――橋の無い所を難なく渡っているかのように見せかける」

「すると、提灯の明かりを追っていた者たちは、橋の無い所で転落する、か」

「さらに、提灯の持ち手に布を掛けておけば、遠目には人間が持っているようにも見えただろう。身体や顔は、闇の中にあって見えないのだと思わせればいい」

「そのせいで私たちは、先を人間が歩いていると思い込み、その後を追ってしまい、堀に落ちてしまった。なるほど、確かにすべて納得のいく説明だ」

「要するに本件は、誰かが堀に落ちるよう、故意に仕向けた者が居る」

「となれば、これは自業自得の事故なんかじゃあない。れっきとした故意の傷害、いっそ金も奪った強盗《がんどう》ということになるのだな！」

求馬は、俄然《がぜん》やる気が出てきたようで、声を荒らげながら布団の上に立ち上がった。

妖怪の仕業じゃあないと解れば、求馬には怖れることが何もない。

「この世には、不思議なことなんて何もない。妖怪なんてこの世には存在しないのだから、妖怪の仕業なんてことはありえない。この『送り提灯』というのも、れっきとした人間の仕業だ」

蘭太は、そう断言した。

美世は圧倒されて、言葉がなかった。

いとも簡単に、送り提灯の謎を解き明かした――それが事実かどうかはまだ解らないが、少なくとも美世にとっても納得のいくものだった。

妖怪の存在を完全に否定することには、まったく納得しないけれど。

三

草木も眠る丑三つ時。

美世は、詠と一緒にこっそり家を抜け出して、錦糸堀を訪ねていた。

深川を調べるためには欠かせない協力者に、話をするためだ。

今回の送り提灯事件の犯人を調べて――

そして、求馬が何をしていたのかを調べるために。

「深川の河童かぁ――」

本所深川の河童の総大将、源治の反応は、芳しくなかった。

「一応、わしの下に付いているっちゃあ付いているんだが、最近一部の河童どもが荒れているからなぁ」

そう言われて美世も思い出した。

「そういえば、前に、深川の河童が喧嘩をしているみたいな話がありましたね」

「まさにそれよ――」源治は、水掻き付きの指で美世を指さしてきた。「あの喧嘩の原因は、深川の料理茶屋『ゑびす屋』の残飯争いだったわけだが」

「あの御留川から盗んできた将軍家の鯉を、使っていたんですよね」

「ああ。あいつは本当に旨かったぁ……。もう食えんのだろうなぁ」

源治は、心底哀しそうに呟いた。

「それはそうですよ。将軍家の、それも禁漁区の鯉を掴まえるなんて、絶対にできませんからね」

当のゑびす屋は、店主の罪が暴かれたことで潰れ、また、江戸中の同業者に対して仕入れに関する厳しい調査が入っていた。その調査によって、産地や材料を誤魔化すような不正が発覚した店や、あるいは調査が入る前に夜逃げした者もあり、深川だけでも一〇軒弱の料亭や茶屋が潰れてしまった。

その影響で、職を失った者が急増してしまったり、金を貸していた者が金を取り戻せなくなってしまったりしたという話も入ってきていた。

「そうだろうな。だが、だからこそ、河童どもは荒れているんだよ」

「え？　……あっ」

「気付いたか」源治は皮肉に笑んだ。「深川の河童どもはな、『真淵兄妹のせいで、二度と旨い鯉が食えなくなった』って思ってるのさ」

「で、でも、それは……」

「あそこの川が将軍家の物で、あそこの鯉も将軍家の物だから、だろ？　だがそれは、人間の理屈だ。河童にそれは通用しねぇ。真淵兄妹があの事件を解決しないでいたら、ゑびす屋はまだ安泰で、河童たちも旨い鯉を食い続けることができた」

……それは、それこそ『河童の理屈』だ。

人間として――本所改として、人間の不法を見逃すことなんてできないのだから。ましてや、問題となっていたのは将軍家の鯉なのだから。

あのまま見知っておきながら放置なぞしようものなら、今度は真淵家が取り潰されてしまう。

「それでも、あそこの鯉は、将軍家が放流して育てた鯉なんですから……」

「鯉を育てるあの川は、誰の物だったんだろうなぁ――」

源治の声が、端的に刺さる。

「あの川は、元々は誰の物でもなかった。自然の産物っていうやつだ。いわばみんなの物か。だが、そこに人間は、『人間の物』を流し込んできた。神田上水《かんだじょうすい》とかいうやつだ。何里も離れた遠くの水源から地面を掘り続けて、人間が造った川をくっつけてきた。そうやって『人間の物』が増える度に、かつての『みんなの物』は削られてきた。人間が入ってくると、みんなは別のどこかに追いやられていく。今や、少しでも『人間の物』を付け加えれば、それは全部『人間の物』になるっていうのか？」

「そうじゃ、ないですけど」

「ああ。解ってるよ。解っちゃいるのさ」源治は、寂しそうに笑う。「美世どのに言ってても仕方ないことだ。これは、人間に追いやられてきた妖怪の、負け犬の遠吠《とおぼ》えよ。すまんなぁ。わしらの声を聞いてもらえるからって、つい調子に乗っちまった」

「いいえ。いいえ、私は、みんなの声が聞こえるんですから。だから、そういう声も聞かせてほしいです」

美世は、本心からそう言った。

むしろ、こういう言葉を言ってもらえなければ、自分の力の意味がない。そう思えるくらいに、今の源治の言葉は刺さっていた。

これは、表面的な協力関係だけでは話せないようなことだと感じたのだ。

お互いを理解するためには、必要なことだと思えたのだ。

すると、詠が聞こえよがしにあくびをした。緊張感が一気に削られる。

「さぁ、ジジイの説教はこれくらいにして、本題を話していこう」

「おい猫坊主。今のわしの話も、しっかり本題だったろうが」

「それくらい解ってるよ」詠は溜息交じりに言う。「要はこういうことだろ。『求馬が襲われたのは、深川の河童の仕業かもしれない』ってよ」

改めてそう聞いて、美世は胸が詰まった。

「そうと決まったわけじゃあ、ないですから」

すると源治が、すかさず言い返す。

「かといって、違うと断言することもできないだろう――」

確かに、先刻の蘭太の説明によれば、今回の送り提灯は、人間の仕業として説明することができる。だけど、人間にできるからといって、人間がやったと決まったわけじゃあない。そもそも、今回の件は、河童にもできてしまうのだから。

「わしら河童は、腕を自由自在に伸ばすことができるからな。それを使えば、人間の前に提灯を突き出しておいて、その明かりで堀へ導くことができる。それこそ、人間が釣り竿を使ってやるよりも上手く、自分の腕を使いこなせるってわけだ――」

自嘲するように、源治はくちばしの端を歪ませた。

「まぁ、河童についてはわしも探ってみるがねぇ……」

源治は、語尾を曖昧に濁した。

「ありがとうございます。くれぐれも無理はしないでください」

「そう思うなら、今度は荒川の鯉でも戴《いただ》こうかね」

「ええ。喜んで」

事件が解決に向かうのなら、安いものだ。

……また兄さんが獲りに行ってくれるんだろうけど。

以前のお礼に渡した、利根川の鯉もそうだった。

美世が約束したことだから、美世が自分で獲りに行く、と何度言っても納得してくれず、結局は「適材適所」という言葉に流されるように、求馬が利根川の流れる常陸《ひたち》まで行っていたのだ。

ちなみに、どこかの魚河岸や棒手振《ぼてふ》りから買うということは、二人とも考えていなかった。どこで獲れたのか確証のない魚を、河童へのお礼にすることはできない。ましてや、あの鯉泥棒の事件があった後では。

「まったく。毎日美世のために働いている俺にも、たまには贅沢《ぜいたく》なお礼をしてくれないもんかねぇ？」

詠が恨みがましく、だけど冗談めかしたように言ってきた。

「それじゃあ、詠はどんなお礼をご所望なの？」

美世が聞くと、詠は文字通りに目を光らせた。

「津軽《つがる》の猫が言うことにゃあ、江戸で『猫またぎ』って言われている鮪《まぐろ》の脂身が、新鮮な状態で食べると絶品だって話なのよ。ここらじゃ脂が多すぎて腐っちまってる物しかないからなぁ。是非とも釣りたてを食べてみたいもんだねぇ」

津軽なんて、行くだけで何ヶ月かかるのやら。

この本所には津軽藩の藩邸があるけれど、参勤交代で江戸に来る者たちは総じて疲れ果て、戻る直前には重苦しい空気が満ち満ちてしまっているほどだ。

「そんなに美味しいなら、いつか食べてみたいわね」

それは美世の正直な気持ちだった。実現できるとは思えないけれど。

そのことは、長い付き合いの詠も解っているのだろう。それ以上は催促してこない。

「本所深川の猫たちも、河童に負けじと、送り提灯の正体と、求馬の足取りを調べている。この町は、猫の方が河童より多く暮らしてるんだ。楽に調べ上げてみせるさ」

その口調は力強く、頼もしかった。

……そう。あのときは頼もしく見えたのよね。

美世は、溜息を吐きながら苦笑する。

美世も美世で、深川の堀を調査するべく、門前仲町《もんぜんなかちょう》の辺りを歩いていたところ、ちょうど詠を見かけたのだ。

詠は、まっすぐ前を見据えながら、心なしか早足で、どこか決まった目的地へと向かっているようだった。と思うと、何かを見つけたようで、いっそう軽やかな足取りで駆けだした。美世も見失わないよう駆け足で追いかける。

そこにあったのは、番付で高評価を受けた茶屋だった。大関や関脇《せきわけ》など相撲の番付にちなんで、茶屋やご飯のおかずなどに順位を付けるものが、毎年のように話題になっている。この門前仲町の茶屋は東の前頭筆頭で、美世もいつかは行きたいと思っていたのだが、こうして事件の捜査が入ったりして行けていないのだ。

そんな店で、詠は何をしていたのかというと。

給仕の若い女性たちに囲まれて、喉や背中を撫でられながら、まさに猫撫で声を上げながら甘えていた。

……何が、『楽に調べ上げてみせるさ』よ。女の人にデレデレ甘えているだけじゃない。見ているこっちが恥ずかしい。

美世は見ていられなくなって、改めて堀の調査に向かった。

妖怪たちに頼りきりになるのは良くない。人間の事件は、しっかり人間が解決するべきなのだ。

美世は決意を新たに、真相を暴くべく調査を進めていく。

自然と、美世の足は詠から離れていくように、深川の東部へと向かっていた。深川のお不動《ふどう》さんや、八幡《はちまん》さんを横目に、仙台堀川の方へ。

そして、深川の町を東西に流れる仙台堀川をいったん北側に渡ってから、川沿いにさらに東へ。

南北に流れる大横川を越えて少し行くと、そこには、送り提灯の四件目の事件が起きた、横十間川と仙台堀川との交差地点がある。

以前から、美世はこの現場が気になっていた。ここは、唯一、金が盗まれたと主張されている現場でもある。

その額は、四〇両。

美世は、被害者である誠六《せいろく》という男の供述を確かめながら、現場の地形を確認する。

誠六は、事件当夜、自身の営む両替・貸金の金を密《ひそ》かに他所《よそ》に運ぼうとして、夜半過ぎ、例によって明かりを一切持たずに、深川の町を歩いていたという。

その道筋は、今の美世と同様に、仙台堀川の北岸沿いを西から東へ歩いてきたと。そして、大横川を越えた辺りで、自分の歩く先に、提灯の明かりがあるのが見えたという。ちょうど行く方向は同じだからと、これ幸いと、その明かりを頼りに歩いていくと、ふいに横十間川の所で地面が消え、足を踏み外して川に落ちたのだと。

そして、何とか川岸までは泳いで辿《たど》り着いたものの、そこで力尽きて気を失った。気が付くと朝になっていて、通りかかった町民らに引き上げてもらったら、そこで運んでいた大金がなくなっていることに気付いた、とのことだった。

正直、前にも源治と話していたように、自業自得の感は拭い切れないのだけど、美世はこの供述を踏まえながら、誠六の歩いた道筋を目で追っていく。

そのとき、美世は妙なことに気付いた。

横十間川も、仙台堀川も、堀としては幅広い部類に入る。横十間という名前にある通り、それは川幅を指しているのだが、実際は十間よりも広いのだ。

そんな幅広の川が交差するこの十字路には、橋が一つしか架けられていなかった。

ここで改めて、誠六がここまで歩いてきたという道筋と、落ちた場所、そして橋の位置を改めて確認してみた。

……この橋から、誠六さんの落下場所までは、釣り竿なんて届かないわ。

もし、この橋から釣り竿を届かせようとするなら、長さ一五間は必要になる。

あるいは、犯人が、橋の上ではなく、川の中から竿を差し伸べて提灯をぶら下げていたなら届くだろう——大人の身体が半分は浸《つ》かるような川の中を歩きながら。

いずれにせよ、そんなことは不可能だ。

そんなに長い竿や棒を持ち歩けば、間違いなく誰かの目に付いてしまう。

川の中に入ることができたとしても、水音を無くすことはできない。何より、そんなことを河童たちが見過ごすわけもない。

蘭太の推察は、この一件には当て嵌《は》まっていないのだ。

……こんなこと、人間には不可能だ。

美世は考えあぐねて眉を顰《ひそ》め、俯き加減になりながら、現場となった川の交差点を見つめていた。

何か別の方法があるのか、それとも、何か発想の転換ができないか……。

視線の先で、水面が揺れている様をジッと見つめる。すると、その視界の隅で波紋が乱れ、そこで何やら動く影が見えた。

川の中から、手を振っている、人のような影。

それは源治だった。

「なっ」――何をやってるんですか⁉

美世は思わず叫びそうになりながらも、懸命に声を出さずに堪えた。

昼間から妖怪が人前に現れて、しかも人間に向かって手を振っているなんて。そんな姿が見つかってしまったらどうなってしまうか。それこそ本所深川全域を対象にした川浚いをする羽目になってしまう――要は河童退治だ。

美世は、周りの町民らに気付かれないよう、小さな手ぶりで早く水に潜るよう伝えようとした。

すると、源治は可笑しそうに笑いながら、颯爽《さつそう》と水の中に消えていった。

お陰で、これまで考えていたことが、すべてスッと抜け落ちてしまった。

……まったくもう。こればっかりは私も「妖怪の仕業だ」って言っちゃうわよ。

むしろ源治は、こうして慌てる美世を見て、面白がっていただけなのかもしれない。

そんなことを、このときの美世は思っていた。

四

「いい報告があるぞ」

詠が晴れやかな顔で言ってきた。何とも楽しそうで、憎らしい顔だ。

「へぇ。いい報告って、可愛い女の子と仲良くなれたのかしら？　それとも可愛い雌猫と？」

自分の口から予想以上に低い声が出て、美世は自分でも少し驚いた。

「はぁ？　何を言ってんだ？」

詠は怪訝そうな視線を向けてくると、意気揚々と話した。

「例の送り提灯について、被害者たちの新たな共通点を見付けてきたんだよ」

「えっ？　嘘？　本当に？」

「こんなこと、嘘ついたってしゃあないだろうに。そんなに驚くことか？」

いっそう怪訝そうな目で見られてしまった。

「でも、いつどうやって調べたの？」

「いつって、普通に美世と別行動をしていたときもあっただろう。そのとき深川に行って、調べて回ってたのさ」

「調べて回ってた、ねぇ」

「どうして疑わしい目なんだよ。言っとくが、かなり信憑性《しんぴょうせい》は高いぞ。何せ、猫たちの調査術は妖怪の中でも抜きんでているからな」

「それって、若い女の子たちに囲まれて、猫撫で声で甘えるってこと？」

「ああそうだ。……どうして知ってるんだ？」

「見てたのよ。この間、門前仲町の茶屋で、若い女の子に囲まれて」

「み、見てたのなら話は早いな――」

詠はあからさまに動揺しながら、話を続けた。

「俺たち猫は、可愛いだろ？」

「急に何を言っているの？」

「いや、この可愛さが、調査の武器になるってことよ。この可愛さで近付けば、人間たちは容易に警戒を解くようになる。猫に話し掛けようとする人間の多いこと多いこと。そこで俺たち猫の妖怪は、これを人間からの聴取に活用しつつ、さらにそれを猫の集会で取り上げて、正確性を高めていく。こんな芸当は、他の妖怪にゃあ真似できないだろう――」

確かに、可愛らしい。

実は美世は、詠が江戸っ子っぽく「〇〇にゃあ」と言うのが好きなのだ。

ただ、それを言ってしまうと意識されて、言わなくなってしまうかもしれないので、美世は密かに、出ないか出ないか、と楽しみにしている。

「特に俺は、雄の三毛猫だ。商売繁盛の招き猫、商売人にとっては大切な神様みたいなもんだからな。お陰で、本所深川ではかなり顔が知られているし、どんな店でも自由に入っていくことが許されている」

「お店の人に招き入れられた方が、勝手に入るよりも相手の警戒は薄くなるわね」

「ああ。気を緩めた人間たちから、不満や愚痴を聞き出すことができる。場合によっちゃあ、独り言で大罪の告白をされることだってあるくらいだ」

「人間は、人間には警戒しても、猫には警戒しない、か」

「猫だったら他の人間に秘密を喋ったりしない、って思ってるんだろうな」

「詠はこうして喋ってるけどね」

「まぁ、もし俺から秘密がバレたりしても、実際に怒られるのは美世だろうからな」

確かに、そんな状況で「この猫が話して教えてくれたんです」なんて言っても、普通の人間には通用しないに決まっている。

詠はさっそく、仕入れてきた話を聞かせてくれた。

「被害者たちの新しい共通点だがな。実は、送り提灯の被害に遭った男たちは、全員、深川の岡場所にある特定の遊郭で、特定の女芸者を指名して遊んだ帰りに襲われた」

「……え？」

美世は、声を絞り出すのがやっとだった。

深川の岡場所。それは、幕府非公認の遊郭だ。深川の岡場所では、『羽織』と呼ばれる女芸者が、優れた芸で稼ぐこともあるが、その身を売って稼ぐ者も居る。

被害者たちは、特定の遊郭で、特定の女芸者と一緒に、遊んでいた。その帰り――それぞれの帰路につく中で――送り提灯に出会い、被害に遭った。そう考えると、現場となった川や堀が点々と散らばっていることにも説明が付く。

……だけど、だとしたら。

美世は、心を落ち着けるように、ゆっくり呼吸する。

「それじゃあ、兄さんにも、その共通点が認められるのね」

「ああ、そうだ」詠は大きく頷いた。「求馬もその遊郭に行って、そして、その特定の女芸者を指名していた」

そして、その帰路に、求馬も送り提灯に遭遇した……。

それは、別に、妹の自分がとやかく言うことではないだろうし、むしろ、求馬は秘密にしておきたいのではないだろうか。実際、他の被害者たちも、このことは黙っていたり、誠六のように仕事のふりをして嘘をついたりしていたのだ。

だからこそ求馬も、どこに行っていたのかを聞かれても、はぐらかすようにしたり、あるいは強く拒否して黙ったりした、ということなのか。

その真意は、今の美世にはまったく解らなかった。

「ただな、話はここで終わらねぇのよ――」

詠は、心なしか声の調子を下げていた。

「ついこの間、深川の菊末《きくすえ》っつう女芸者が、永代橋《えいたいばし》から大川に身投げしていたんだよ。命は助かったんだが、ずっと気を失ったままだ」

美世は、突然の話の展開に困惑しつつも、話の続きを促した。

「その菊末こそ、今回、送り提灯の被害に遭った男たちが指名していた芸者なのよ」

「……え？」

「これも言わば、送り提灯の被害者だ。どうやら菊末には、自分が売られたときの借金を肩代わりして、身請けしてくれるはずの男性が居たんだが、そいつが送り提灯に遭って堀に落ちて、金が盗まれてしまったんだと」

それは、あの横十間川と仙台堀川との交差地点が現場になった、四件目の事件だ。

確かに、被害者の誠六は、必死に「金が盗まれた」と主張していたと聞いていたけれど……。あれは本当は、店のお金じゃあなくて、女性を身請けするためのお金だったというわけだ。そんな事情もあったから、必死になっていたのか。

「金が奪われたせいで、身請けの話はなかったことにされちまったそうだ。それで悲観した菊末は、永代橋から身投げしちまったんだろう。結果的に、命が助かって良かったのか、悪かったのか、解らねぇな」

身請けに関する事件は、後を絶たない。人間の情が絡んだ心中や殺し、金が絡んだ盗みに誘拐、それに暴行なども……。

「せめて、事件の犯人は絶対に捕まえて、しっかり報告できるようにしたいわ」

そして、できることなら、彼女が受け取れるはずだったお金も取り戻せるように。


さっそく美世は、詠の調査結果を求馬にも伝えた。

「なるほど。被害に遭ったすべての男に、菊末が絡んでいる、か……」

その男の中には求馬本人も含まれているのだけど、どういうわけか、まるで自分は含まれていないかのような口ぶりだった。

ただ、何となく、菊末のことを既に知っているかのようにも聞こえた。

「今回の送り提灯の件は、妖怪の仕業じゃあなく人間の仕業、しかも故意に人を堀に落とした疑いがある。その話をしたところ、奉行所の与力も積極的に調査を始めることになった。こうなれば、犯人の捕縛も時間の問題だろう」

求馬は自信にあふれた表情と声で、力強く頷いた。

すると、翌日の夜には、早くも犯人が逮捕された。

あまりにあっさりとした幕切れに、美世も求馬も拍子抜けしてしまったほどだ。

逮捕されたのは、いつも菊末を指名していた客の一人――亥之助《いのすけ》。木場の材木倉庫で働く二六歳の男だった。

亥之助は、釣り竿に提灯をぶら下げて、橋の無い所に誘い込んで男たちを転落させたことを認め、彼の家からも、証として、提灯と、長さ三間の釣り竿が見つかった。

その点は、まさに蘭太の推察通りだった。

他方で亥之助は、「ただ提灯で遊んでいただけだ」とか「周りが勝手に水に落ちただけだ」などと言って、まったく反省した様子を見せなかった。

菊末の客ばかりを狙ったのも、「菊末が怖がることがあれば、自分が守ってやるように仕向けたかった」とか、「菊末を狙う他の男を怖がらせて、菊末から遠ざけたかった」とか、どうにもふざけている話ばかりを続けていた。

取り調べをしていた与力が、痺れを切らして怒声を浴びせる。

「誠六という男が、お前のせいで大金を失ってるんだ。四〇両！　お前、その金をどこにやった！」

「か、金なんて知らねぇって。本当だよ！　そもそも人を堀に落としてんのに、金なんて盗れるわけがねぇ！　それに、そんなに金があったなら、パァッと使ってらぁ！　……そんなにあったら、菊末に振り向いてもらえたかもしれねぇじゃねぇかよぉ」

亥之助はそう呟くと、悔しそうに泣き出してしまった。

これには、取り調べをしている与力たちも、呆れて言葉が続かなかった。

ともあれ、送り提灯の正体は、こうして白日の下に晒《さら》されたのだ。

送り提灯の怪、これにて一件落着――

――とはならない。

本件には、まだ解決しなければならない問題があるのだから。


深夜の深川。

美世と求馬は、送り提灯の犯行現場の一つに、男を一人、呼び出していた。

そして美世は、その男に向けて、事実を突きつける。

「この事故現場には、お金なんて落ちていませんでした。水中をくまなく捜しましたけど、まったく、お金は落ちていなかったんです。あなたが落としたはずのお金は、一両どころか、一銭もなかったんですよ」

もし、ここに金が落ちていたら、すぐに解るのだ。

ここは、横十間川と仙台堀川が交差する場所。河童にとって、大通りの交差点のような場所なのだから。そんな場所に、河童の苦手な金物が落ちていたら、河童たちは大混乱を起こしてしまう。

それなのに、そんなことは起こっていない。

以前、美世が現場を調査したとき、川の中から源治が美世のことをからかってきたように、河童はこの場所について特に気にする様子もなかった。

つまり、この場所に、金など落ちていないのだ。ましてや、四〇両もの大金など。

「もちろん、先日捕まった犯人が盗んだわけでもありません。奉行所の与力たちが絞りに絞っても、何も出てきませんでした。お金は落ちていなかった。盗まれてもいなかった。つまり、元々大金など無かったんですよね、誠六さん」

すべて、ここにいる誠六の嘘だったのだ。

そう考えれば、この現場で起きた事件が、釣り竿と提灯のカラクリで説明できなかったことにも、説明が付く。これはでっち上げの事件だったのだ、と。

「動機は、お金ですね」

何も語らない誠六に、美世が語って聞かせる。

「羽振りが良かったときは、心から、身請けをしようと思っていたのかもしれません。ですが最近、この深川の料亭や茶屋で厳しい取り締まりがあって、お金の流れが滞ってしまった。その影響は、あなたの営む両替商――貸金にも及んでいましたよね。だからといって、自分の都合で身請けをご破算にしたら、あなたの顔が立たなくなる。そんなとき、変なお化けの提灯が話題になっているのを耳にした。どうせ誰かの悪戯《いたずら》だろうが、使えるかもしれない。そうやって、誰かのせいでお金を失くしたことにした。……違いますか？」

「さぁ、どうだろうねぇ」

誠六は、はぐらかすように曖昧に笑んだ。

求馬が不快感を隠さずに、低い声で言う。

「詳しくは、役所で聞かせてもらおうか」

「別に行ってもいいですけど。いったい何の罪で、何の証があって捕まえるのやら」

誠六が煽《あお》るように言ってきた。

確かに、誠六の行動が菊末を身投げに追い込んだのは間違いないだろうが、それが何かの罪に問えるかというと難しいし、証になるようなものもない。妖怪たちの証言が使えるのならいいのだけれど、それは人間の評定《ひょうじょう》ではありえない。

すべては、これからの取り調べ次第だと言わざるを得なかった。

求馬が、誠六を捕縛しようと近付く。すると、その間に入り込むように、数個の御用提灯が差し込まれた。

「あとは、我々にお任せください」

奉行所の同心だろうか。いつの間にか、美世たちの周囲には多くの提灯持ちが集まってきていた。奉行所も本腰を入れて動いてくれているようだ。

「では、よろしく頼む」

求馬が引き継ぎをすると、提灯持ちらは誠六を取り囲みながら、連行していった。

それを見送りながら、美世は、求馬に質問をする。

「兄さんは、何をしに岡場所に行っていたのか、聞いていい？」

求馬は一つ大きな深呼吸をして、話し始めた。

「この深川の岡場所で働く、女性たちの生活状況を調査するためだ。遊郭という性質だけでなく、幕府非公認でもある場所だ。表立って行くことはできないし、誰かに顔が見られるのも、よろしくない。とはいえ、現にそこで暮らす人たちが居る以上、何か手助けできないか、と思っていたのだ。そのため、明かりを持たず、こっそりと出掛けて、そして帰ろうとしたのだが」

「そこで、送り提灯の事件に出くわしてしまったと」

「そういうわけだ」

求馬は、巨軀を縮こまらせるように俯いた。

「どうして私に教えてくれなかったの？　やましいことじゃないのに」

「そういう理由じゃない。深川のゑびす屋が潰れた余波で、深川一帯は特に厳しく取り締まられるようになってしまった――」

深川の、茶屋などが建ち並ぶ一帯は、本所改ではなく町奉行の管轄になる。その権限に基づく取り締まりに対して、真淵家は手出しも口出しもできない。

「その結果、この町全体の金の動きが乱れてしまった。いわば、不正があったからこそ保たれていた秩序が、一気に崩壊してしまったのだ。必然、岡場所で遊ぶ者も減ってしまった。遊郭には、借金の形《かた》として売られた女性も居る。その収入が減るということは、いつまでも借金が返せなくなるということだ」

「それが、菊末さんを、生きるか死ぬかの瀬戸際に追い込んでしまった」

「ああ。だが同時に、菊末を引き取ろうとしていた男にとっても、誤算が生じてしまった。だから、妖怪に金を奪われたことにして、御破算にしようとしたのだろう」

あの男は、そのために送り提灯の事件を利用したのだ。

御破算になるのは俺のせいじゃない、送り提灯のせいだ、と言い逃れるために。

その結果が、菊末の入水《じゅすい》未遂になってしまった。

「嫌な言い方をすれば、その原因を作ったのは、俺たちなのだ」

「そうね」

美世は呟いて、大きく息を吸った。

それは、既に源治に言われたことだった。

突き刺すような言葉で、容赦なく、美世を傷付けてきたものだ。

だから、美世はもう、その言葉を向けられて傷付いたことがあるのだ。

「大丈夫よ、兄さん。私は、それくらいの責任はちゃんと背負えるから。自分の行動に責任を持てるから。理不尽なことを言われても大丈夫。理不尽に、誰かのせいにしようとする人を見るのも慣れているから。だから、そんなに全部のことから、私を守ろうとしなくて大丈夫なのよ。私は、ちゃんと、強くなっていってるから」

「ああ、そうだよな。済まなかった。俺は、お美世のことを信じ切れてなかったかもしれん。お美世は、ちゃんと成長しているのだな」

美世は、自信たっぷりに笑顔を見せつける。

「いつまでも怖がりの、兄さんと違ってね」

「うっ」

美世の一言で、求馬の巨軀がしなしなと縮んでいってしまった。

身体はとても強いのに、心は打たれ弱い兄なのだった。


今度こそ、これにて一件落着――


――とは、ならなかった。

「ひぃぃっ⁉　が、あぁぁっ！」

ふいに、辺りに悲鳴が響き渡った。

美世と求馬は急いで声のした方へ急ぐ――ちょうど誠六が連行されていった方角へ。

激しい水音が響き、悲鳴が響いている。

だが近付けば近付くほど、なぜか水音も悲鳴も小さくなっていく。

堀の縁が見えてきた。駆けつけて中を覗き込みながら、提灯で辺りを照らした。

「ひ……」

思わず、悲鳴にならない声が漏れた。

誠六が、水路に落ちて溺れている。

「今行くぞ！」

「いけない！」

求馬が助けに行こうとするのを、美世は必死に止めた。

いけない。行ってはいけない。

堀の中では、誠六が、音もなく静かに、底へ沈んでいこうとしていた。

誠六の身体には、無数の腕が纏《まと》わり付いている。その手が、誠六を水の底に引きずり込んでいっているのだ。

女性の、青白く細い手が……蠢《うごめ》いている。

あれは、男たちに弄ばれて死を選ばざるを得なかった、女性たちの怨霊だ。

あの提灯持ちたちは、本物の『送り提灯』だったのだ。

彼女らは、誠六の行く先を照らし、送り出したのだ。

三途の川の、向こう側へと——

第三話　ザシキワラシが去った茶屋

○

『ザシキワラシの居る料理茶屋』として有名だった、浅草《あさくさ》の料理茶屋『とを乃《の》』で、惨憺《さんたん》たる事件が起きた。

この一連の事件を語るとき、まず最初に挙げられる異変は――

とを乃を一代で成り上がらせた旦那・佐々木《ささき》善右衛門《ぜんえもん》の、死。

あのときから、とを乃は坂道を転がり落ちていくかのように、相次ぐ不運に見舞われていったのだ。

五〇人以上の客に傷病者を出した、『集団毒殺未遂』事件。

それに関わったとされる元奉公人の『失踪』事件。

江戸の町民らは、それらすべてを一言で表すような噂を、口々に囁《ささや》いていた。

「ザシキワラシが店から去ってしまったから」だと。

ザシキワラシのせいなのだと……。

だが、町民たちのそんな噂は、すぐに吹き飛ばされた。

「ザシキワラシの仕業じゃあございません！」

そう断言する者が、この事件を担当することになったのだ。

館柱帯刀《たてばしらたてわき》。

彼は、この事件の担当者であり、北町奉行所の吟味《ぎんみ》方《かた》与力の一人だった。

吟味方与力とは、町奉行による評決に先立って、事件を取り調べ、真偽を判断し、過去の評決や現在の法度に従って、評決内容のあらましまで決める権限を有している。

多忙な町奉行は、この八百八町で起きる事件のすべてを裁くことなどできない。そこで、この吟味方与力の判断を基にして、町奉行が評決を言い渡して落着とするのだ。つまり実質的には、吟味方与力が江戸の法を取り仕切っている、と言っても過言ではない。その一角を担っているのが、この帯刀なのだ。

さらに帯刀は、どんな難事件でも犯人を挙げ、数多の事件を解決してきた名与力としても名を馳《は》せていた。

帯刀が裁きをする。そのことは、町民らをひとしお安心させていた。

「この事件は、妖怪の仕業なんかじゃあない――」

帯刀は改めて言うと、続けて力強く断言する。

「この一連の事件は、とを乃の元奉公人、貫太《かんた》の仕業である！」

帯刀曰く――

貫太は、とを乃を辞めさせられた腹いせに、とを乃の調理場に忍び込み、殺意を持って鼠《ねずみ》殺しの毒薬——俗に『猫不要《いらず》』と呼ばれているものを料理に混ぜ、もって客らに、嘔吐《おうと》、下痢等の病変を引き起こさせたものである。

すなわち、多数の傷病者を出し、元奉公先に多額の損失を与えたという罪を犯したものである——と。

これにより、貫太の人相書《にんそうがき》が作成され、配布されていた。

その人相書は、本所改を務める真淵家にも、もちろん配られていた。

美世は、その人相書を自室で睨み付けながら、手を震わせる。

「今回の事件、ザシキワラシの仕業じゃあない——」

そう呟く声も、震えている。

「そしてもちろん、貫太くんの仕業でもないわ！」

美世は、震えを吹き飛ばすように力強く言い切った。

いつの間にか握り潰していた人相書。お陰で、その向こう側に座っていた男の子の姿が見えるようになった。

人相書と同じ顔——貫太。

今、故あってこの真淵家で匿《かくま》っている貫太に向かって、美世は誓う。

「安心して、貫太くん。私たちは、きみが無実だってことを知っているから。絶対にこの事件の真相を、白日の下に晒《さら》してみせるから！」

美世は、これまでの経緯を思い出しながら、解決の糸口を探っていく。

一

暑中の見舞が交わされる、夏の盛りの六月。

外に出掛けていた求馬が、屋敷に帰ってくるなり、声を弾ませるようにして美世に話し掛けてきた。

「お美世。今日は、妖怪について興味深い話を聞いたんだ」

「えっ」

美世は、声に詰まるほど驚いた。

あの求馬が、妖怪について嬉々《きき》として語るなんて。

いつもは、「妖怪」と聞くだけでビクッと肩を跳ねさせて、その大きな体軀を縮こまらせてしまう、あの求馬が。

どんな悪党にも物おじせずに立ち向かうのに、「妖怪」と聞くや否やへっぴり腰になってしまう、あの求馬が。

まさか、自分から進んで妖怪の話をし始めるなんて。

「もしかして、兄さん。何かに取り憑《つ》かれて乗っ取られてしまっているとか？」

「失礼な。正真正銘、お前の兄貴の求馬だよ」

求馬はそう言うが、美世は念のため、隣にいた詠にも視線を送って確認をする。

「安心しなよ。これは妖怪の仕業じゃあない」

可笑しそうに詠が言った。いつも美世が言っている言葉をそのまま返してきたのは、あからさまな皮肉だ。

美世の顔が熱くなる。いつもは妖怪たちの濡れ衣を晴らしているのに、これでは妖怪たちに申し訳ない。

そんな美世の様子を見て、詠はなおも笑った。

「どうだい。人間はねぇ、自分にとって理解できないことがあると、すぐ別の何かのせいにするのさ。妖怪のせいにしたり、他人のせいにしたりなぁ。物事を理解しようとする前に、理解するための努力が面倒だから、容易く納得できるような理由を探すんだ。求馬がなぜこんな奇行に走ったのか、納得できる理由をね」

「そうね。どうして兄さんがこんな奇行に走ったのか、ちゃんと話を聞かないと」

美世は神妙な面持ちで頷いた。

「奇行って」求馬は苦笑して、「とりあえず、俺の話を聞いてもらえるんだな」

美世が頷くと、求馬は話を始めた。

「俺が妖怪の話をするのは、他でもない。『妖怪のお陰』だという話を聞いたからだ」

「妖怪の、お陰?」美世は思わず繰り返した。「妖怪の力が人間の役に立っている、ということ?」

「ああ、そういう話を聞いた。だからこそ、まったく怖くないし、俺でも平静でいられるというわけだ」

聞いてみれば単純な話だった。妖怪の話であっても、怖くないし害はないと解っていれば、取り乱すことはないのだと。

「この数年、浅草にある『とを乃』という料理茶屋がすごく繁盛している。まぁ、景気の良い話だけなら、昨今の江戸ではよく聞く話ではあるんだが——」

美世は頷いた。江戸の歴史に詳しい付喪神の花咲夜から、そういう話はよく聞いている。江戸の町では、毎日のように何かが新しく作られているのだと。

その中には、栄えるものもあれば、誰にも知られず消えていくものもあるのだけれど、ひとたび「繁盛している」と聞けば、いっそうそこに人々が集まっていく。

繁盛というだけなら、先日の『越野屋』だって繁盛していたと言えるのだから。

江戸の町民は皆、とかく賑《にぎ》やかで話題になることが大好きなのだ。

「そこの御主人が、不思議な話をふれ回っているのさ。『この店が繁盛しているのは、ザシキワラシのお陰だ』と」

「なるほど。だから妖怪のお陰、っていうわけか――」

美世は詠に目配せをする。詠は「存在は知っているけど、会ったことはないねぇ」と呟いた。美世も同様だ。

「ザシキワラシは、特に盛岡《もりおか》・南部藩《なんぶはん》に棲んでいる妖怪だと聞いているけど」

「そうらしいな。とを乃の御主人も南部藩出身だそうだ。遠野《とおの》という山間の宿場町の出身だから、屋号もそれにちなんで付けたらしい」

「南部藩の中でも、ザシキワラシがもっとも多く暮らしているのは、遠野だったはず。ザシキワラシの棲む家は、ザシキワラシが福をもたらしてくれて繁盛するんだけど、逆に、ザシキワラシが去った家は、それまでの福も一緒に去っていき、不幸に見舞われてしまう、という習性があるらしいけど」

「ということは、とを乃の御主人が言っていたことは、まんざら嘘でもないわけか」

「嘘ではないのかもしれないけれど、そのザシキワラシが本物だとは限らないわ」

知り合いではない妖怪のことなので、美世は下手に断定しないよう注意する。それこそ、先ほど詠から窘《たしな》められたばかりなのだ。よく解りもしないことを、安易に妖怪のせいだとか妖怪のお陰だとか言うのは良くない。

すると求馬は、何やら含みのある笑みを漏らしながら、言った。

「それじゃあ、今晩行って確かめてみるか」

「……え？」

唐突すぎて理解が及ばなかった。

「ほら、前に、大江蘭太という蘭方医がうちに来ただろう」

「ああ、あの人ね」

美世の声に、つい不機嫌さが乗ってしまった。

蘭太というのは、妖怪の存在なんて認めない、蘭学ですべて説明できるなんて言っている、頭の固い蘭方医だ。

送り提灯のカラクリを解き明かしたのは、凄いとは思うけれど。

口調もぶっきらぼうで失礼だったし、美世は正直、苦手だった。

「実は彼は、遠野の出身でね。ちょっとした縁から、とを乃の奉公人が病に倒れたときに診たことがあって、今回、その奉公人の快復のお礼とお祝い、それに、彼を主人のかかりつけ医にするというお祝いも兼ねて、彼がとを乃に招待されているんだ」

「……へぇ。素敵な話じゃない」

蘭太が人を助けた、という話ももちろん素敵なのだけど、奉公人を診てもらったお礼を主人がする、というのも素敵だと思った。

蘭太は、仕事はできる人なのだろう。それは素直に凄い。

「そうなんだよ。理由が理由だから、先方からしたら、是が非でも彼を招待したいと思っている。だが、彼はお礼を言われるのが大の苦手で、最初は拒んでいたのだ」

「へぇ。照れてしまうとか、人付き合いが苦手とか？」

「いや。やって当然のことをしただけだから、礼には及ばない、だそうだ」

「ほう……」

　思わず感嘆の息が漏れてしまった。そういうことを実践できるような人に、美世は正直、憧れている。

「ちょうど俺は、その招待をしている場に出くわしてね。話を聞いていたら、つい御主人の側に立って、『是非行くべきだ』と強く訴えていたわけだ。そうしたら、『では求馬も行くなら行こう』と言われてしまって」

「ああ」

「彼も、単なる断りの口実にしたかっただけで、まさか御主人に承諾されるとは思っていなかったようだが、とを乃の御主人がとても良い人でね、その提案が二つ返事で承諾されてしまったのだ」

「なるほど」

「咄嗟に俺は、『妹がいるので、一人にするわけにはいきません』と言って断ろうとしたんだが。本当に、御主人が良い人でね、『是非妹さんも一緒に』と誘われてしまったのだよ」

「それは、とてもいい御主人ね」……とても強引でもあるけれど。

「ああ。というわけで、今晩、俺とお美世も、とを乃に行けるようになっている。もちろん、無理に連れ出すものではないから、お美世次第ではあるけれど」

美世としては、こういう風に誰かに振り回される展開には、慣れている。むしろ好きだと言ってもいいかもしれない。自分では繋がらなかったような人たちと繋がることができる楽しさがある。

かくいう美世も、周りを振り回すことがあるのだけれど、そこはおあいこにしてもらえたら有り難い。

「解った。私も興味があるし、是非とも行ってみたいわ」

……あの蘭太さんと、また妖怪の話をすることになるわけだけど。

それはそれ、これはこれ。

何より美世は、ザシキワラシのお陰で繁盛している店の話なぞを聞かされて、興味を抱かずにはいられなかった。

二

浅草へ行く前に、まずは蘭太の所へ向かう。
とを乃の御主人が迎えの駕籠《かご》を出してくれるそうで、蘭太の家に集まる手はずにな
っているらしい。至れり尽くせりだ。

長い距離を歩くのは苦ではないけれど、最近は日没後でも蒸し暑い。そんな中を歩
き続けるのはさすがにつらいので、本当に有り難い心配りだった。

美世の耳元には、鼈甲の簪――花咲夜。

美世にとって最高のお洒落であり、と同時に、気の置けない親友でもある。

「今年の夏も、暑くなってきたわね。お美世、具合が悪くなったらすぐに言うのよ」

「ありがとう、花咲夜。そんなに心配しなくても大丈夫よ」

花咲夜が優しい声を掛けてくる。花咲夜はそう言うけれど、きっと美世が口に出す
前に、美世の異変に気付いてくれることだろう。花咲夜の簪は、美世の頭の熱を常に
測ってくれているようなものだから。

横十間川を越え、しばらくしてから北へ。亀戸天満宮を脇に見ながら歩いていく。
二月《ふたつき》前には、藤棚の見物客で賑わっていた。今、その藤棚には、青々とした葉が生
い茂り、空に向かって蔓《つる》が伸ばされている。空豆の莢《さや》に似た房に包まれている種が、
幾つも垂れ下がっている。これらが初冬になると、乾燥することで破裂して、中の種
を弾き飛ばすようになる。

真淵家の近くにも藤棚を置いている家があるのだが、垣根を越えて飛んできた種が、夜な夜な真淵家の板戸を叩いてきたことがある。

昔は、それを求馬が「妖怪の仕業だ」「小豆洗《あずきあら》いだ」などと騒いで、父を困らせていたこともあった。

今でも求馬は妖怪に脅えているけれど、美世が幼かった頃の求馬は、その比ではないほどの脅えっぷりだったのだ。

そんなことを思い出していると、隣を歩く求馬が笑いを含みながら言った。

「藤の種を見る度に思い出すよ。昔、隣の家にある藤の種が弾けて、うちの板戸を叩いてきたことがあっただろう」

そんな求馬に、美世も思わず笑みを返す。

「ちょうど、私もそのときのことを思い出していたのよ。兄さんが『妖怪の仕業だ』って怯えていたこと」

「そうしたら、先に眠っていたお美世が起き出してきて、呆れたように言ったんだよな。『これは、妖怪の仕業じゃあないよ』って。今とまったく変わらないように」

「そんな、呆れていたわけじゃないけど」

ただ昔から、美世は同じことを言ってきたのだ。

これは妖怪のせいじゃあない。妖怪のせいにしないで、と。

美世は、それが妖怪の仕業ではないと知っていたから。そう皆に教えてもらっていたから。

……てっきり、同じ考えの人に会えたかと思っちゃったんだけどな。

蘭学を学ぶ医者――蘭方医の大江蘭太。

美世は、何でもかんでも妖怪のせいにするのは、許せない。

他方で、妖怪の存在そのものを否定されてしまうのは、耐えがたい。

妖怪の仕業だと思われたような不可思議な出来事でも、実際は妖怪の仕業ではないこともある。だけどそれは、妖怪が存在しないことの証とはならない。

不思議な出来事の正体は、妖怪の仕業ではないこともあるし、妖怪の仕業であることもある。単に、ただそれだけのこと。

だけど、それが目に見えて、聞こえているのは、美世だけなのだ。

そのことを話して聞かせることはできるし、その話を信じてもらうこともできる。

だけどそれは、誰の目から見ても明らかなことではない。自分の話を相手に信じてもらえなかったら、そこで終わりなのだ。

美世が嘘をついていると思われて、それで終わり。

そんな中、求馬は、美世を信じてくれている。

そして、妖怪の存在も信じている。皮肉なことに、求馬がいつまでも怖がってくれていることが、妖怪の存在を信じているという証になっている。

「妖怪の仕業じゃあないと解れば、俺も強気でいられるんだがなぁ。そう簡単にはいかないもんだ――」

求馬は苦笑交じりに呟いて、頭を掻いた。

「なぁ。俺が怖がってばかりで腑甲斐無いばかりに、美世は俺を頼れず、一人で頑張りすぎたりしていないか？」

「そんなことないわよ――」

美世の即答は、思わず語気が強くなっていた。

「兄さんが近くに居てくれるのは、私にとってすごく有り難いし、安心できるもの」

「そうか？」

「ええ、そうよ」美世は大きく頷く。「それに、妖怪にとってもすごく有り難いことなんだから」

「え？」

求馬の表情が固まっていた。美世は気にせず話し続ける。

「だって、妖怪の中には、人を怖がらせるのが生き甲斐になっているモノもたくさんいるのよ。そんなとき、兄さんみたいな人が居てくれると、すごく喜んで楽しんでくれるの。『妖怪として生きてきて良かった』って、『あれだけ怖がらせられるなら、まだまだ俺も頑張れる』って。兄さんの存在は、妖怪たちに希望を与えているのよ」

美世は、そのときの妖怪たちの晴れ晴れとした顔を思い出しながら、つい笑顔になって伝えていた。

「そうか、ありがとう」

求馬は、どこか引き攣ったようにも見える笑顔で、お礼を言った。

「今度、妖怪のみんなにも伝えておくわね」

「うん？　何をだ？」

「兄さんが、もっと頼ってほしいって言ってくれたこと。きっと私だけじゃなくて、みんなも喜ぶわ」

「ああ、そうか、そうだな」

求馬は、遠い目をしながら頷いていた。

耳元で、花咲夜の鈴を振るような笑い声が聞こえる。

つい冗談めかして言ってしまったけれど、それは美世の照れ隠しだった。

……本当に、兄さんには感謝してるのよ。

美世の前を、肩で風を切るように堂々と歩く、求馬の大きな背中。

小柄な美世と比べて二回りは大きい、求馬の体軀。それは、求馬が美世を守るために鍛えてきたからなのだと、前に父が教えてくれた。

美世は生まれたときから病弱で、何度も死の淵《ふち》を彷徨《さまよ》ったことがある。そんな弱々しい美世を守るために、求馬は身体を鍛えてきたのだと。

だからこそ却って、身体を鍛えていても倒せないような相手は、非常に苦手らしい。にもかかわらず、求馬は、美世と仲の良い妖怪たちのことを信頼してくれているように思う。

本当は怖いはずなのに、すごく怯えているはずなのに、絶対に逃げたりはしない。その背中は、いつも美世の前にあってくれる。

目に見えるモノは、求馬が相手をして――

目に見えないモノは、美世が相手をする。

父が亡くなってからずっと、兄妹はそうして生きてきた。


亀戸天満宮の裏手通りに差し掛かると、威勢のいい掛け声が聞こえてきた。

声のする方に視線を向けると、ひときわ高い瓦屋根の建物が目に付いた。そこが、蘭太の居所――駒田剣術道場だ。

先を歩く求馬は、道場の入口に差し掛かる前に、足を止めた。道場の手前――同じ敷地内に小さな建物があり、ちょうどその引き戸の前で立ち止まる。

そこには、『大江病院』と書かれた看板が吊るされていた。

病院という言葉は、ここ一〇年ほどで、特に蘭方医が使い始めたものだ。小石川にある養生所のように、病人や怪我人を収容しながら治療する施設のことを言うらしいが、単に医者の治療を受けられる場所という意味で使っている者も居るらしい。

わずかに開いた引き戸の奥には、壁一面を埋め尽くすように、木の引き出しが何段も積み重ねられていた。あの中身は全部、薬だろうか。

「蘭太、起きてるかい？」

求馬はちょっとの躊躇いもなく引き戸を開け放ちながら、声を掛けた。

薬の匂いがムッと鼻を突く。漢方とはまた違う匂い。でもやっぱり苦手だ、と美世は思った。

元々、薬の匂いは好きではない。病床につくと飲まされる薬の味と匂い。文字通り、必死になって飲み続けていた苦い記憶。

美世はそれを振り払うように首を軽く振りながら、改めて部屋の中を見回した。

すると、部屋の奥、まるで脱ぎ捨てられて丸められていた着物のような物が、もぞもぞと動き出した。

猫でも入っているのかと思ったら、人間が――蘭太が顔を出した。ボサボサに伸び切った髪を掻き、眼鏡を掛け直す。細面というか、やつれ気味というか。

「ここは病院だ。求馬の来る所じゃあない」

美世は思わず「確かに」と思って頷いた。

病気知らずな上に、擦り傷切り傷は放置していれば勝手に治る。脱臼くらいは自分で戻す。

「友人が友人を訪ねて、悪いことはないだろう。なぁに、仕事の邪魔はしないさ。それじゃあ、ちょいと邪魔するよ」

「邪魔するのかしないのか」

蘭太が呆れている間にも、求馬はずいずいと中に入っていった。

結果として美世は玄関先に取り残され、蘭太と向かい合うことになった。

「あの、先日はどうも。兄がお世話になりました」

美世が改まって挨拶をすると、蘭太は少しの間、無言になって美世を見つめた。

「私は別に、世話をした覚えなどない。先日だって求馬が自分で治していただろう」

蘭太はぶっきらぼうに言い捨てる。

それは確かに、と美世も苦笑した。

蘭太は、なおも美世を見つめてくる。美世は思わず、少し顔を引いてしまった。

「きみは、夜に眠れていないな」

「えっ？」

美世は咄嗟に、頬に手を当てていた。やつれていたのか、それとも目に隈《くま》でもできていたのか、いずれにせよ恥ずかしくなった。

「昼に起きて夜に寝る。それができなければ、己の寿命を削るだけだ。直しなさい」

蘭太の言葉が刺さる。厳しい言葉、だけど正論だ。

それでも、美世は夜に起きていたい。

妖怪と居る時間が、楽しいから。

そんなだから不規則な生活になるし、むしろ夜の方が賑やかなことも多いのだけど、美世はこの生活が好きなのだ。

何より、これは、自分にしかできないことだと思っているから。

美世はつい言い返したかったけれど、何を言い返せばいいのか解らない。ましてや、相手は医者で、そして、妖怪の存在を信じていないのだから。

するとふいに、求馬が大声で笑い出した。

「何を言ってるんだ。蘭太こそ、この間は三日も寝ていないし食事もろくに摂《と》っていないと言っていたじゃあないか。まるで医者の不養生のお手本を見ているようだ」

「ええ?」

美世は思わず非難めいた目で蘭太を睨み付けていた。自分こそ酷く乱れた生活を送っているくせに、よくも言えたものだ。

「ち、違う」蘭太は見るからに狼狽えていた。「オ、オラはただ、何もせずのだばっでひまだれるようなことしたくねぇだけだぁ」

何を言われたのか、美世はまったく解らなかった。

思わず首を傾げながら蘭太を見ると、彼は口を押さえたまま固まっていた。

その代わりとでも言うかのように、求馬が微笑みながら言う。

「ああ、蘭太はちょっと気が緩むと、方言が出てくるのさ。江戸の言葉にはまだ慣れてないみたいで」

「慣れている。問題ない――」

蘭太が端的に反論していた。なるほど、そのぶっきらぼうな口調も、もしかしたら方言を出さないためなのかもしれない。

蘭太は何度か空咳《からせき》をすると、改めて話をした。

「私にとっては、寝る時間が勿体ない。時間を浪費したくない。人間が生きる時間は、限られている」

そう話す蘭太の目は、とても真剣だった。鬼気迫ると言えそうなほど。それこそ、命を削る覚悟で、この仕事をしているのだろうと伝わってくる。

「蘭太はそう言うけどなぁ」求馬が呆れたように言う。「健康で長生きした方が、寝る間を惜しんで勉強するより、時間は多く使えるんじゃないか?」

それは正論のように聞こえた。だけど蘭太は首を横に振る。

「今を苦しんでいる病人や怪我人が居る。その者たちに『待て』とは言えない」

その台詞は、まさに、自分の命を削って他人に分け与えているかのようにも感じた。

「そこまで言うんだから、俺も止めないし、そもそも俺が止めようとしても止まらないだろう」求馬は苦笑する。「だが、一人でできないことがあったら、いつでも呼んでくれ。力になるぞ」

「呼んでなくても来るじゃないか」

蘭太の返事は、けんもほろろ。

それでも、求馬も蘭太も、どこか楽しそうに見える。それが美世には不思議だった。

「これからとを乃へ行くんだろう。準備をするよ」

太陽が赤く色付き始めていた。

三

とを乃の御主人が手配してくれた駕籠に乗り、浅草へ。

本所押上から吾妻橋《あづまばし》を渡って大川を越え、浅草寺《せんそうじ》のある方角へ進んでいく。

「これは、やっぱり、慣れないわね」

美世の耳元で、花咲夜の声が途切れ途切れに聞こえてきた。

いつもはとても好きな声なのだけど、駕籠に乗っているときだけは、どんな綺麗な音でも苦しいものだ。

激しい揺れに続く、激しい揺れ。そこに途切れ途切れの音が合わさり、頭が痛くなってきた。美世は懸命に遠くを見て、気分の悪さを誤魔化そうとした。

一方、巨軀の求馬を乗せていた駕籠は、早くも大川を渡る前に疲れ果ててしまっていた。その後は、求馬が代わりに駕籠を担ぎながら、一緒に駆けている。

そしてもう一人、蘭太は、駕籠が駆けだした直後に俯いて、それ以降まったく動いていなかった。

寝ているのか、美世と同じく気分が悪いのか——

どうやら、美世以上に気分が悪かったらしい。

とを乃に着くや否や、蘭太は近くの厠《かわや》に駆けこんでいた。

美世は、久しぶりの浅草を見回した。

旗本や御家人の住居が多い本所とは全く違い、浅草はとても賑やかで、華やかだ。浅草寺・仲見世《なかみせ》はもちろん、その周辺や、大川に架かる橋の袂《たもと》にも多くの店が置かれ、日が暮れた後も明るく騒がしい。

川を越えると別世界——境界線を越えた先。

道行く人の誰も彼も、目に入ってくるどこもかしこも、煌《きら》めいて見えた。

……私の格好、可笑しくないかな？

美世は思わず自分の身なりを見返した。変ではないはずだけど、歩いているだけでも妙に緊張してしまう。

「大丈夫よ。お美世は可愛いわ」

こちらの不安を視線で察したのだろう。耳元で、花咲夜が言ってくれる。

螺鈿の花舞う鼈甲の簪が、美世の傍に居てくれる。それだけで、どれだけ美世が安心できていることか。

私はこの簪が大好きだ。そして、今の私は、そんな大好きな簪を身に着けている。それだけで、ちょっと前向きになれた。

蘭太が厠から出てきて、とを乃の番頭に話をすると、美世たちは二階の座敷に案内された。

浅草の喧騒が、その距離以上に遠く感じる。

窓から見下ろすことのできる庭には、色とりどりの花が咲き乱れていた。

白詰草や桔梗《ききよう》や百合《ゆり》、小ぶりの池には蓮《はす》や睡蓮《すいれん》の花が浮いている。

庭の隅で青々とした葉を生い茂らせているのは、恐らく紫陽花《あじさい》だろう。あと一月早かったなら、あの一角には赤か青、いずれの色の花が咲いていたのだろうか。

「綺麗な庭ね――」

ふと耳元で、歌うような声がする。花咲夜も、美世の横から同じ景色を見ている。

「人間に作り出された私だからかしら。こういう作られた庭の草花も、とても好きなのよ」

「私も」

美世は思わず返事をしてしまった。花咲夜の声は自分にしか聞こえていないのに。

蘭太が、何事かと美世を見ていた。

「わ、私もう、お腹《なか》が空いてしまったわ」

美世は強引に誤魔化した。

敷居の高い料理茶屋に来ているのに、風情も情緒もありやしない。

そんなことをしていると、とを乃の御主人である佐々木善右衛門が顔を見せてきた。

「みなさま、此度は当店まで御足労いただき、誠にありがとうございます――」

深々と頭を下げてくる善右衛門に、美世たちも深々とお辞儀を返す。

「商売人としては、こうして客人の前に顔を出すのは控えるべきかもしれませぬが、ここは貫太の親代わりとして、御礼を申し上げたく」

「その後、あの子は息災だろうか？」

蘭太が聞いた。医者としては、もっとも気になるところなのだろう。

「それはもう、お陰さまで。以前と変わらず、元気に野山を駆け回っております」

善右衛門の言葉選びが少し可笑しく感じて、美世は微笑ましく思えた。

「今日は、ここには？」

善右衛門は少し表情を曇らせた。

「それが、お陰様でこの店も繁盛いただいておりまして、今まさに仕事に出てしまったところなのです。貫太も、直接お礼を伝えたいと申しておりましたが……」

「いや。むしろ元気である証なので、何よりである」

そう言葉を掛ける蘭太は、安堵したように微笑んでいた。

ただ、台詞に反して、善右衛門の表情は浮かない。

「実は、貫太は怖れているのです」

「怖れている？　何をでしょうか？」

「貫太が私に依怙《えこ》贔屓《ひいき》されている、と言われることをです――」

善右衛門はいったん口を開くと、流れ出るように話し出した。

「私と貫太とは、同郷の仲でございますし、彼の不遇にも同情している故、贔屓目で見ていないと言えば嘘にはなりましょう。ですが、それで扱いを変えたり不当に優遇したりなどは一切しておりません。貫太は『摘み草』の能に優れております。野山を巡り、有能な草花、有害な草花を見極め、それを私どもは料理に活《い》かすことができる。だからこそ、私は褒めたり優しくしたりすることも多くなる。ですがそれが、他の奉公人らにとっては優遇に見えてしまうのでしょう。苦労して摘み草から戻ってきた貫太が『汚い』やら『この店に相応《ふさわ》しくない』やら、いろいろ言われていたという話もあるようで、解らない者にはまったく解らないようです」

——愚息、喜太郎《きたろう》にも。

そう小さく呟いた声が、美世の耳にも届いた。

「なるほど、それでか」

蘭太は、何やら納得したように頷いていた。何か言葉が続くようにも思えたけれど、そのまま蘭太は黙った。

「も、申し訳ございません。お客様に……事もあろうに貫太の恩人に、このような話をしてしまって」善右衛門はハッと我に返ったようで、恐縮しきりだった。「ここは食事を楽しむ場所。是非とも、当店自慢の会席料理をお楽しみください」

改めて深く頭を下げて、座敷を辞そうとする善右衛門。

「あの、善右衛門さん。不躾《ぶしつけ》なことをお聞きしてもよろしいでしょうか？」

美世は敢《あ》えて、不躾を承知で聞いた。

「この料理茶屋には、本当にザシキワラシがいらっしゃるんですか？」

「それは勿論《もちろん》でございます」善右衛門は即答した。「厳密に言えば、奥座敷や蔵の中にいるのですが、確かに、この店にはザシキワラシがおりますよ」

「ザシキワラシに会うことはできますか？」

「残念ながら、それはできかねます――」

穏やかに、善右衛門は微笑む。

「ただ、私どもの提供する会席料理を食べていただければ、そこにザシキワラシを感じていただくことはできるかと思います。心ばかりの、幸福の御裾《おすそ》分《わ》けです。それでは、どうぞごゆるりとおくつろぎくださいませ」

善右衛門は柔和な笑顔を見せて、再度深々とお辞儀をしてから、座敷を後にした。

詳しい話を聞くことはできなかった。むしろ、足止めして仕事の邪魔をしたかたちになってしまって、申し訳ない。

「貫太に会えなかったのは心残りだが、元気であればそれでいい」

蘭太は、改めて感慨深そうにそう呟いていた。

本当に、人を治すことが好きなのだろう。そう感じられる、温かな表情だった。

すると求馬が、単刀直入に聞いていた。

「そういえば、貫太という子は、どのような病気だったのだ？」

「いや、厳密には病気ではない。毒キノコによる食違《くいちが》いだった」

「ど、毒⁉」

求馬が声を裏返らせた。

美世も思わず眉間にしわが寄る。

「毒とは言っても、死ぬほどの毒ではない。嘔吐や下痢といった症状が出るものだ」

──食事の前に話すことではないが。

蘭太は律義にそう言って、話をやめた。

ただ、ここで話をやめられても余計に気になるので、続けてもらった。

「食物の毒は、どれほどの量を食べれば症状が出るのか、どれほどの程度の症状が出るのか、というのには個人差がある。人によっては舐《な》めただけでも重い症状が出るが、別の人は一つ二つ食べても症状が出ない、という場合すらある。また、順々に毒を食べる量を増やしていくことで、身体が慣れ、毒に強くなっていくこともあるという」

「なるほど。毒が効かない者もいるのか」

「求馬には効かなそうだな」

蘭太が皮肉を込めたように言った。

「確かに。今度試してみよう」

求馬は素直に受け止めて、頷いていた。

蘭太は反応に困ったのか、複雑な表情で美世を見てきた。美世も苦笑するしかない。

「話を戻すが――」

　蘭太は空咳をして、再び話し始めた。

「実は貫太は、とある毒キノコについて症状の出にくい体質だった。それが毒キノコだということは知っていたようだが、自分だったら毒に慣れているから食べても問題ないと勘違いしていたらしい。そのため、ふとした瞬間に限界値を越えてしまった」

「ちょっと待ってくれ――」求馬が考え込むように言う。「貫太は、どうしてわざわざ、そんなキノコを食べたのだ？　普段の食事では、その、足りなかったのか？」

　最後の方は声を潜めていた。

「そのようだ。先ほどの御主人の話にもあったように、貫太は同輩から妬まれ、疎まれている。それが原因で、食事の用意を省かれたこともあったようだ」

　蘭太は苦々しげに頷いた。

　そもそも奉公人という立場は、皆が十分な食事を摂れるとは限らない。

たとえ、御主人が全員分の食事を用意していても、奉公人同士や、女中との関係などで、食事を抜きにされたり、他人が勝手に食べてしまっていたりもする。

場所によっては、そもそも主人が十分な食事を用意していない所もある。

　そういう話を、美世は五万と知っている。評定などで表沙汰になっている記録を見るだけでも、何度も繰り返されているような現実だった。

ましてや貫太は、他の奉公人から――あるいは善右衛門の息子の喜太郎からも――妬まれていたという話だ。

そんなとき、『自分しか食べられないキノコ』などという物があったら、喜んで食べてしまうのではないか。その分量さえ間違えなければ、安全に食べられるのだから。そしてその分量を間違えてしまったことが、貫太の『病気』の原因だったのだろう。

「御主人も言っていたが、貫太も私と同じ遠野出身だ。だから、どのキノコを食べたのか推察ができた。それですぐに解毒の薬も調合できたというわけだ」

「そういえば、御主人とも同郷と言っていたのに、方言では話してなかったな」

求馬が尋ねた。

「もし私たちが方言で話したら、お前たちは理解できたか？」

そう言われると、美世も求馬も「無理」と正直に答えるしかない。

「方言は、仲間と深く繋がることができる。だが必然的に、それを理解できない人のことを、排除してしまう。この江戸で暮らす以上は、方言を話す意味はない。他人と接する職に就くのなら、尚更だ――」

蘭太は、そこで大きく一息入れた。

「オランダ語も同じだ。医者を目指す以上、オランダ語を話せなければならない。これからの時代、オランダ語を話せなければ、排除される側になってしまうだろう」

そう言って、蘭太はまるで仇敵《きゅうてき》を見つめるかのように、自分の手を睨み付けていた。

その感覚は、美世にはまったくないモノだった。

江戸に生まれ、江戸に育ち、江戸の言葉を普通に話す――

それどころか――

妖怪とも話すことができる。

蘭太とは真逆の立ち位置に居る、と言っても過言ではないかもしれない。

それが良いことなのか、悪いことなのかは、解らないのだけど。


とを乃の料理は、一人ごとの御膳に、順々に小分けされたものが出された。

先付《さきづけ》として、だし汁かけの奴《やっこ》豆腐。汁物として、芋とそぼろの椀《わん》。向付《むこうづけ》として、鯵《あじ》のタタキ。焼物として、鱸《すずき》の笹葉蒸し焼き。等々……。

美世が特に気に入ったのは、山菜や香味野菜の風味の良さだった。

奴豆腐には数種類の薬味が使われていて、お椀には山椒《さんしょう》の葉が添えられていた。鯵のタタキは、青紫蘇《あおじそ》の香りが清々《すがすが》しく、鱸の焼物は、笹の葉で包み焼きにされ、爽やかな香りが魚の味を引き立てていた。

そのどれもが美味しく、また盛り付けも美しかった。

膳や茶碗《ちゃわん》、皿や箸《はし》など、手に持つあらゆる物が、すぐに手に馴染む。見てくれこそとても古いのだけど、それはしっかりと使い込まれている証でもある。

まだ付喪神になれるほどの――妖怪として動き回れるほどの――物は無かったものの、その一歩手前、簡単な会話ができるようなモノがたくさんあった。とても愛されている道具たちを目にして、花咲夜も終始嬉しそうだった。

そんなみんなの声を聞いて、美世はまた頬が綻んでしまう。

一方の美世たち人間組は、会話も忘れて、ただこの味を堪能していた。

会席料理のすべての御膳を食べ終えて、美世たちはその余韻に浸るように、座敷に流れる宵の風を感じていた。

この幸福感が、ザシキワラシを感じるということなのだろうか。

そんなことを思いながら、美世は、「ザシキワラシの正体」について思うところがあった。

それはきっと、貫太のことなのだ。

摘み草に優れた貫太が来てくれたことで、使える山菜や野草の種類が増え、料理の味などが向上し、そのお陰でとを乃は繁盛し始めたのだろう。

ただ、これを正直に宣伝してしまったら、きっと貫太が他の奉公人らにいっそう妬まれてしまう。だから善右衛門は、「ザシキワラシのお陰」だとして、貫太のことを直接褒めないようにしながらも、感謝を伝えようとしているのではないか。解る人には解るようにして。

美世の頬が自然と緩んでいた。

こういう優しい話だったら、「妖怪のせい」になるのも悪くない。

とを乃の座敷を、宵の風が通り過ぎる。

夏の香りがした。


浅草からの帰り道。

善右衛門は、帰りも駕籠を用意しようとしてくれたのだけど、美世たちは揃って丁重にお断りした。

夜の帳《とばり》が下りると空気は涼しく、浅草から本所までなら、歩いて帰るのも悪くない。

それに、美世にはゆっくり話したいこともあった。

「あの、蘭太さん。少し、お聞きしたいことがあるんですけど、いいですか？」

「何をだ？」

「蘭太さんは、南部藩の遠野出身だということですけど」

「一〇年以上前に出てきた故郷だ。以降のことは何も知らない」

「ええ。古い話をお聞きしたいんです。『ザシキワラシ』について」

「ああ。それなら昔よく聞かされた——」

蘭太の口調は苦々しげで、溜息交じりだった。

「あれは、僻《ひが》みと妬みが創り出した、化け物だ」

ザシキワラシの見た目は、一〇歳前後のオカッパ頭。男の子も女の子もいる。

名前の通り、奥座敷に現れることが多いとされるが、蔵に現れる『クラボッコ』や天井裏を駆け回る『二階ワラシ』なども伝えられている。

名前や行動は様々だが、何より特徴的な習性がある。

ザシキワラシの居る家は、裕福になる。

一方、ザシキワラシの去った家は、不幸に見舞われ、没落する。

蘭太の語るザシキワラシの習性も、美世の知っているものと同じだった。

だが、その話に蘭太は付け加えた。

「私は、これは逆じゃないかと考えている」

「逆、ですか？」

美世は首を傾げながら蘭太を見つめて、先を促した。

「つまり、裕福な家にはザシキワラシが居ることにして、不幸に見舞われた家はザシキワラシが去ったことにした」

「それは、何が違うんでしょう？　結果は同じに聞こえますけど」

「結果は同じだ。だが、経緯はまったく違う――」

　蘭太は、吐き捨てるように言う。

「裕福になるか没落するかは、ザシキワラシが憑いたかどうかで決まる、と言っているのだ。さらに言い換えれば、裕福な家は『運が良かった』。不幸な家は『運が悪かった』。そこでは、成功者が積み重ねてきた努力も工夫も無視されている」

「それは、確かに」

「成功者への僻みや妬みが、そんな言い訳を生み出したのだ。『自分は頑張っているのに成功しない。それは運が悪いからだ』などと言うのはまだ良い方だ。拗《こじ》らせれば、『自分の受け取るべき利益が、運のせいで奪われた』と考える者も出てくる」

「それが、ザシキワラシの仕業にされているんですか」

　美世は思わず語気を強めていた。

　蘭太は大きく頷く。

「そうすることで、平静を装っている人間だって居る。自分は実力で負けたのではない、人知を超えた力のせいで負けた。そう思うことができれば、気が楽になる――」

　その説明は、まさに医者らしい物言いだった。

「特に、山に囲まれた土地や海に囲まれた島は、その思いが強くなる。土地も財も全体の数量が限られている以上、そこで暮らす者たちは、その限られた土地や財を奪い合うしかない。誰かが土地や財を増やせば、必ず、誰かの土地や財が減る」

「確かに、そうですね」

むしろ妖怪の話ではなく、商いの話でもあるようだった。

「ザシキワラシの正体については、元々は『飢饉《ききん》などのせいで間引きした赤子』の霊だ、という話もある」

「えっ⁉」

美世は悲鳴のような声を上げてしまった。

「子供ができれば、限られた食料が減る。自分の食べる分が減ってしまう。逆に、子供が居なくなれば、食料は減らなくて済む——自分の食べる分も減らない。ここでも、財の奪い合いがザシキワラシのせいにされている」

「じゃあ、ザシキワラシっていう妖怪は居ないのか？」

求馬が単刀直入に聞いていた。

「そんな妖怪は居ない」

蘭太が即、断言した。

美世は思わず、小さく「うっ」と声を漏らしていた。こういうことを言われるだろうと覚悟はしていたけれど、面と向かって言われるのは結構こたえた。

だが、蘭太の話には続きがあった。

「ザシキワラシは、神のような存在だ。少なくとも、私の周りの人はそう考えていた」

「……神、ですか？　『福の神』みたいな？」

「それもあるだろう。だがもっと単純に考えることもできる。過酷な陸奥《みちのく》では、ザシキワラシが居なければ生き残れない。飢饉のときなど、赤子を間引いていなければ、家族は全滅する。まさに救いの神だ」

蘭太の話に、美世は言葉を失い、思わず固まってしまった。

蘭太は、ここまでの話を締めくくるように言う。

「ザシキワラシは、あの地で人間が穏やかに生きるための、知恵の産物なのだ」

蘭太の言葉に、美世は思わず頷きそうになっていた。

話自体は、とても納得できるものだったのだ。

……本当に、ザシキワラシは居るのかな。

ふと不安に思ってしまう。

「なるほど。さすがは遠野出身の蘭太だ。詳しいよなぁ」

求馬は、場違いなほど呑気《のんき》に微笑んでいた。

……人が真面目な、重い話をしているのに、この兄は。

美世が非難めいた視線を送ると、求馬もこちらの感情を察したようだ。

「茶化しているわけじゃあないぞ。俺だって、初めて聞いたときは本当に感心した」

「え？　兄さん、今の話は、初めて聞いたんじゃないの？」

「ああ」

求馬が頷くと、なぜか蘭太も驚いているようだった。

「いつ話した？」

「いつって、酒を飲んで酔っ払う度に、似たような話を毎回聞かされているぞ」

「なんだと」

蘭太は眉根を寄せて、首を傾げたまま固まる。思い当たる節がないらしい。

「蘭太は、『ザシキワラシに頼らなければならない村々を、医術で救いたい』って、いつも言っているじゃあないか。まぁ、いつも早口の遠野言葉になっていたものだから、最初は何を言っているのか『さっぱどわがんねがった』けどな――」

求馬は楽しそうに、蘭太のお国言葉っぽい台詞を言っていた。

「その話を聞いて、ああ、この男には、妖怪を否定しなければいけない理由があるのだと思ったのだ。妖怪に頼らず、人間の力で――自分の力で頑張りたいのだと」

求馬はそう言いながら、美世に視線を送ってきた。

「変なことを話すな――」

蘭太は苛立《いらだ》たしげに求馬に言った。

「私はただ、蘭学で証明できないことなど無いということを示したいだけだ。妖怪なんぞ存在しないと、私が証明してみせる」

その口調は刺々《とげとげ》しく、妖怪に対して失礼極まりない話だった。

だけど美世は、最初に抱いていた蘭太の印象を大きく変えていた。

求馬の言うように、蘭太には妖怪を否定したい理由がある。そしてそれは、自分自身の生き様に関わっているんだと思えたから。

『ザシキワラシのお陰』だという話に、込められた思い。

妖怪のお陰ということに甘えることなく、自分の力で道を切り開く。

奇しくも、蘭太も、とを乃も、同じような気概でいるように美世には感じられた。

そのことが、美世には嬉しかった。

言い方は違っても、きっと、美世と同じ思いを持って、妖怪の話を読み取っているんだと思えたから。


だが、それから半月も経たないうちに――

「ザシキワラシのせい」だという話を、嫌というほど聞かされることとなった。

四

佐々木善右衛門が、亡くなった。

その日の開店に向けた、朝の仕込み中。厨房《ちゅうぼう》の様子を見に来た善右衛門は、急にその場でうずくまるように倒れ、医者の到着を待つ間もなく、息を引き取った。

突発的な心臓の病だった。

そのことは、善右衛門のかかりつけ医となっていた蘭太も、確かに確認した。毒の兆候も傷跡なども一切ない。

佐々木善右衛門は病死した。

それはれっきとした事実だった。覆しようのない現実だった。

そのはずなのに。

「とを乃の元主人、善右衛門は殺されたんだとよ」

いつしか、そんな噂が広がるようになっていた。

そのきっかけは、間違いなく、あの一件だ。

善右衛門の死から、わずか五日後のこと。

善右衛門の息子である喜太郎が、とを乃の新たな主人となって最初の一歩を踏み出す、その日――

　とを乃を訪れた客のうち五三名に、下痢や嘔吐、失神などの症状が出る食違いが発生した。

　その光景の悲惨さは、およそ筆舌に尽くしがたいものだったという。

　この案件を調査した北町奉行所の与力らは、関係者らへの聴取内容も踏まえ、以下の事実があったものと報告している。


　その日は、とを乃にとって臨時休業明けでもあった。老若男女を問わず、再開を待ちわびていた顔馴染みらが、新たな主人となった喜太郎への期待と応援を込めて駆けつけていた。

　元より喜太郎は、先代の下でも商才を発揮していた。特に一目置かれていたのが、人に好かれる才と、人と人とを繋ぐ仲介の才だった。

　先代は、人当たりはいいものの、遠野生まれの方言を隠すために言葉遣いが妙に丁寧すぎていた。下手《したて》に出られて『お客様』として持ち上げられるのも悪くはないが、居心地の悪さを感じる者も居たのだ。

　一方の喜太郎は、善右衛門が江戸に出てきてからの子で、れっきとした江戸生まれの江戸育ち。客としてのもてなしはするが、同時に大切な友としても近付いてくる。

そこに親しみやすさを感じる者も多かった。

しかも、店の景気が良くなったここ数年は、彼の気風《きっぷ》の良さも評判を高めていた。

そんな喜太郎が、不幸を乗り越え、新たな門出に立とうとしている。

みんな、不幸があった手前、表立って祝うことはできないが、陰ながらの応援は厭《いと》わない。

そんなこともあって、その日のとを乃は、実質的には御披露目の祝宴のようになっていたという。

厨房は、いつもより多くの料理を作り続ける、上を下への大騒ぎ。しかも、新主人になってから多少勝手が変わっていたため、事あるごとに喜太郎へ確認をしなければならないことも多かったようだった。

世代交代を機に、膳や茶碗、皿や箸なども、新しく綺麗な物に替えられた。畳も新しく張り替えられ、新鮮なイ草の香りが漂っていたという（もっとも、新しい畳の目に滑ってしまい、転倒した女中も居たとのこと）。

一方、奉公人や女中などは、ほぼ完全に先代から引き継いでいたという。新しい者は雇っていないし、この間に辞めた者も一人だけだという。

先代の同郷贔屓を理由に雇われていた男子が、先代の死を受けて辞めた、とのことだった。

当初、喜太郎は献立も自分なりに変更するつもりだったようだが、仕入れ先との関係で、しばらくは季節物として先代のときと同じ献立で行くことになっていたという。その日の調理場は多忙であったものの、先付、汁物、向付、焼物、煮物と、従来の会席料理に則《のっと》った料理を提供することができていた。

だが、次の揚物を出そうとしていたところで、異変が始まった。

ふいに、赤ら顔になっていた老爺が、苦しそうに呻いてうずくまってしまった。当初は、酒の飲みすぎだろうかと思われていたようだが、すぐに様子が可笑しいことに店の者が気付き、一度部屋の外へと運ばれた。

このとき、ほぼすべての客の顔が紅潮していたのだが、みんなそれは酒のせいだと思っていたらしい。

事態が一変したのは、子供が嘔吐し始めたことからだった。子供らは当然ながら酒を飲んでいない。にもかかわらず、顔が異様に赤くなり、吐いてしまったのだ。やがて大人たちにも嘔吐する者が現れ始め、その頃には、子供や老人たちが下痢の症状を訴え始めた。

近隣の医者が駆り出され、彼らが現場に到着する頃には、とを乃の座敷は、足の踏み場も無いような――たとえ高下駄《たかげた》を履いていようと踏み入れたくないような――惨状だったという。

『浅草とを乃で食違い。五〇人超が下痢嘔吐』

その一報を聞いたとき、美世はこう思った。

ザシキワラシの習性と同じだ。

ザシキワラシが去った家は、これまでの幸運をすべて失い、不運に見舞われる。そしてやがて、その家は滅ぶ。

その不運の一つに、食違いがあるのだ。

たとえばこんな話がある。かつて働き者として有名だった長者の家から、一〇歳くらいの子供が出ていくのを、近所の住民が見かけていた。

するとそのすぐ後、長者の家では、一家全員が毒キノコにあたって死んでしまった。

働き者の長者が見ていない隙に、家人たちがキノコを見つけ、「この部分には毒がないから大丈夫だ」と言ってキノコ汁を作っていたのだという。だが、その知識は間違っていたため、一家は全滅してしまった。

なぜ家人がそんな安直な行動に出たのかは、解らない。

それはきっと、あの子供がザシキワラシだったからだろう。ザシキワラシがその家から出ていったため、不運に見舞われ、その家は滅んだのだ、と。

奇しくも――

とを乃の事件に関しても、一人の一〇歳の子供が、とを乃を去っていた。

その子供こそ、貫太だ。

善右衛門の死後、貫太が解雇された日の夕方のこと。

吾妻橋をフラフラと渡ってくる彼のことを、蘭太が見つけた。貫太にとって、この江戸で頼れる顔見知りの大人は、蘭太しか居なかったのだ。亀戸天満宮の裏手に住んでいる、という曖昧な話を聞いただけで、目指して歩いていたらしい。

そのことはすぐに美世と求馬にも知らされ、蘭太と相談の上、しばらく真淵家で預かることにした。

その矢先の、食違い事件だった。

不幸中の幸い、と言ってしまったら失礼だが、この騒動に貫太が巻き込まれなくて済んだことに、美世たちは安堵していた。

この事件が起きる前に、貫太は既に辞めさせられ、この真淵家で預かっていたのだ。

それに事件当夜も、貫太が真淵家にいたことは、美世はもちろん求馬も、そして陰からは妖怪たちも、しっかりと見ていた。

貫太がこの事件に関与していないことは、ここに居る誰の目から見ても、明らかなのだ。

それなのに。

事態は、美世たちの予想を裏切るように突き進んでいく。


とを乃の食違い事件から、二日。

町民の間には、とを乃の事件は「ザシキワラシのせい」だという噂が流れていた。

これまで、とを乃自身が「ザシキワラシのお陰」だと喧伝《けんでん》していたこともあって、それを皮肉るようなこの噂は、町民たちに面白可笑しく広がってしまっていた。

「ザシキワラシがとを乃を去ってしまったから、不運が続いているんだ」と。

特に、食違いの事件が起きる前に子供の奉公人がとを乃から去っていた、という話が知れ渡ってからは、いっそう噂話の拡大に拍車がかかってしまっていた。

美世は思わず、一人一人に言ってしまいたくなる。

これは、ザシキワラシの仕業じゃあない。

単なる食違い事件のはずなのだ。

とはいえ、美世たちは詳しく調査したわけではないので、無責任にそんなことは言えなかった。

せめて、ちゃんとした組織が事件を調べてくれて、そしてその結果を公表してくれれば、すぐにこの騒ぎは収まるだろう。

そう思っていた。

そんなとき、事件を担当していた北町奉行所の吟味方与力・館柱帯刀が、食違い事件について調査結果を公表した。

「これは、ザシキワラシの仕業じゃあございません――」

町民の噂を真っ向から否定するように。

「とを乃の元奉公人、貫太が、料理に毒を盛ったのである！」

町民の騒ぎを、いっそう大きくするかたちで、帯刀はそう断言していた。


「どういうことよ。こんなの、絶対に可笑しいわ！」

美世は、本所改に配布されてきた人相書を見ながら、思い切り叫んだ。

「あの事件は、確かにザシキワラシの仕業じゃあない。そしてもちろん、貫太くんの仕業でもない！」

そんな美世の怒りに同調するように、求馬も言う。

「ああ。こんなのは何かの間違いだ！　俺が今から北町奉行所まで行って、本当のことを話して……」

「やめておけ」蘭太が制する。「今、貫太は咎人として人相書まで出回っている。ここで表に出るのは危険だ。今しばらくは様子見をして、貫太の居場所も知られないようにすべきだ」

「いや、だが、貫太が料理に毒を盛ることなど無理ではないか！　あの時間は、俺たちとずっと一緒に居たのだぞ。それを説明すれば」

「それを証言できるのは、ここにいる三人と本人だけだ。いわば、貫太の側に立っている人間のみ。もし、御役所に私たちのことを『信用できない』と言われ、証言が否定されたら、その時点で終わる」

「本当のことを言っても、それを信じてもらえるかどうかは別問題というわけか」

求馬は忌々しく言い捨てた。

犯罪でも金銭の争いでも、評定という舞台では、常に同様の問題がある。

いかなる事実があろうとも、それを証明できるほどの証拠がなければ、話を信じてもらえず——事実だとは認めてもらえず、評定で敗れることになるのだ。

逆に、それらしい証拠を示し、他者からの信用を得ている者であれば、たとえ事実ではないことであっても、評定では勝つことがある。

役所の一角を担っている身として、求馬もそれは重々承知している——経験しているはずだった。

ましてや、江戸の御法度を司る吟味方与力に、面と向かって立ち向かえば、その下位に属する本所改与力の立場は、無力に等しい。

もし、吟味方与力の口から「彼らは世を誑《たぶら》かし、奉行所に対して謀反を企んでいる」とでも言われようものなら、役所も世論も、すべてが吟味方与力を信じるだろう。

それどころか、たとえ本心では信じていなくとも、吟味方与力に従った方が得なのだから、誰もがそうするに決まっているのだ。

「これが、どんな難事件も解決してきた、吟味方与力の正体ってわけね」

美世は吐き捨てるように言った。

「そういうことなのだろうな」求馬も、怒りを隠さず言い放つ。「相手を反論できないような状況に追い込みながら、その者を犯人に仕立て上げる。そうすることで『必ず犯人を捕まえる』ことができる、というわけだ」

「そして、その人が処罰されてしまったら、まさに死人に口なし」

「誰も、彼に反論できるものは、居なくなる」

この状況、正攻法で評定に持ち込んでも、勝ち目はない。

抵抗する術《すべ》は潰されている。

なんと理不尽な状況か。

「いったい、どうなっているのだ。俺はどうすればいい」

求馬が頭を抱え、嘆くように呟いた。

「どうにかして、少しでも、とを乃や北町奉行所の内情を知る手立てはないか」

蘭太も考えあぐねるように俯いた。

そんな二人のことを、貫太は不安そうに、申し訳なさそうに見つめる。

「オラの、せいで」

訛《なまり》の交じる、消え入りそうな声で呟いた。

「それは違う」

美世も求馬も蘭太も、声が揃っていた。

「これは、貫太くんのせいじゃあないわ。それは、ここに居るみんなが解ってる」

「で、でも」

「大丈夫だから――」

美世は、貫太の言葉を遮るように言って、ぽんと頭を撫でた。

そして、求馬と蘭太に視線を向ける。

「みんな、ここは私に任せてもらいたいの。必ず、とを乃と北町奉行所の内情を調べ上げてみせるから」

「お美世さんが？　どうやって？」

蘭太が興味津々な様子で聞いてきた。

「それは、あまり大きな声では言えないけれど、どちらにも、秘密の伝《つて》を持っているんです。今回は、それを使わせてもらいます」

美世は、曖昧な言葉で誤魔化すように言う。

「なるほど。あの秘密の伝を使えば良かったのだな。それなら上手くゆくだろう」

求馬も、妹の意図をすぐに察して、しっかり乗ってくれた。

そのお陰もあってか、蘭太もそれ以上の追及をせず、美世に一任した。

ただ一人、貫太はまだ不安が強く残っているようだけど。

その不安は、言葉ではなく、結果を出すことでしか拭い去れないだろう。

そのためには、貫太にも協力をしてもらう必要があった。

「貫太くん。君に教えてもらいたいことがあるんだけど、いいかしら？」

美世の問いに、貫太は戸惑いながらも、強く頷いた。


時刻は、丑三つ時。

美世は、まず浅草・とを乃へ向かった。

足が付かないよう、明かりを持たずに、徒歩で行く。

すぐ前を詠が歩く。そして美世の側頭部には、花咲夜が居る。このふたりが美世の目となり、そして彼らと共に、とを乃にある『秘密の伝』を活用していくのだ。

「どれだけ人の目を盗んで悪事をしようとも、獣の目までは気が回らなかったようだな。俺たち獣は、人の目には見えない暗闇でも、目を光らせて見えているのさ」

詠は勝ち誇ったように微笑んで、言葉通りに目を光らせていた。

今回、詠は猫たちだけでなく、鼠にも協力を——もとい脅迫を——仕向けていた。とりわけ、浅草の鼠を取り仕切っている妖怪である旧鼠《きゅうそ》の次郎吉《じろきち》を従わせるため、夜な夜な戦いを繰り広げてくれたのだ。

他人の家の内情を知るには、猫だけでは及ばず、鼠が適任なときもある。そしてまさに、今回はそのときだったのだ。

あの帯刀が言うには、今回の『犯行』には、猫不要が使われていたとのことだった。それについても、次郎吉を介して、とを乃で暮らしていた鼠たちの話を聞く。

「猫不要が、あの料理茶屋で使われたかだって？　んなわけあるかよ——」

次郎吉は、長い鼻で笑うように言った。

「猫不要なぞ、建物の中に一個でもあろうもんなら、わしらは一匹残らずその家から去っておるわ。わしらは人間よりも頭が良いからな、そんな小細工でみすみす殺されはせん。人間は鼻がきかんから、人間よりも頭が良いからな、自ら仕掛けた罠《わな》で死ぬこともあるがなぁ」

呵々大笑《かかたいしよう》する旧鼠に、人間の美世は苦笑を返すことしかできなかった。猫不要を子供が食べてしまうという死亡事故は、何度も起こってしまっている。

次郎吉は、なおも人間を嘲笑った。

「まぁ、昔は同胞たちもさんざん殺されてきたしなぁ。恨みを持った同胞が、憎き猫不要に取り憑くこともあるだろう。あれを食っちまうと、喉が焼けるような痛みに襲われるそうだ。だからだろうなぁ。猫不要は、青い炎のような燐光《りんこう》を放つときがあるんだよ。同胞の魂が、猫不要を置いた人間にも、喉が焼けるような同じ苦しみを味わわせようとしてなぁ」

次郎吉は、まるで怪談のようなことを言って、いっそう声高に笑った。

古来、人間をからかったりするのが好きな、鼠の妖怪たち。果たしてどこまでが本気の話だったのやら。

ただ、猫不要が暗闇の中でぼんやり青く光るというのは、怪談ではなく本当に起こるらしい。

ともあれ、猫又の詠が目を光らせている今回の会話では、鼠たちもそうそう冗談を混ぜたりはしないはずだ。何事も、命あっての物種なのだ。

そんな話をした後も、鼠たちにはとを乃のことを監視してもらっていた。そして今夜、店が完全な留守となっているのを好機として、美世たちはとを乃に侵入するのだ。

もちろん、こんなことが求馬に知れたら何を言われるか解らないので、こっそり屋敷を抜け出してきたのだけど。

相手が正攻法を潰してくるのなら、こちらも手段は選ばない。

たとえ相手が人の道を外れた『外道』を進んでいようとも、こちらにはこちらの、人の道を外れた『外道』があるのだ。

「半月ほどしか経っていないはずなのに、なんだか懐かしいわね」

とを乃の門構えを前にして、花咲夜が呟いた。

いうまでもなく、門戸は閉ざされ、鍵もかけられている。明かりのない夜のとを乃は、まるで廃墟《はいきょ》のよう。実際、食違い事件があってからは営業を再開できておらず、人はほとんど出入りしていないとのことだった。

ここに来た目的は、二つある。

一つは、貫太が辞めさせられたのと同時期に店から追い出されてしまったモノたちを探し出し、彼らから事情を聴取するため。

そしてもう一つは、ここで起きた食違いの本当の原因を探るため。

それらを探るための伝を、美世たちは持っている。

「みなさま方、今はどちらにいらっしゃるのかしら?」

花咲夜が、とを乃の敷地に向けて声を掛けた。

「こちらで、ございます」

苦しそうな、消え入りそうな声。だけど確かに聞こえた。

美世は、一つ深呼吸をして覚悟を決めると、店の裏側に回り込んで、生け垣を越えるようにしてとを乃の敷地に入っていった。

ここから右手側に行けば庭があり、左手側に行けば店の裏手——勝手口や蔵がある。

「どちらにおられますか？」

「こっちじゃ、こっちじゃ」

花咲夜が呼びかけ、左手側から返事が来た。次第に声の主に近付いていく。

やがて、店の勝手口を通り過ぎたところで、建物の軒下から声が聞こえた。

覗き込んでも暗がりでまったく見えないが、その気配は感じ取ることができる。

ここに、古い道具たちが押し込まれてしまっているのだ。

喜太郎によって破棄されてしまった、使い古された道具たち。

「みなさん。善右衛門さんが亡くなって以降、ここで何が起こっていたのです？」

美世が尋ねると、とを乃の古い道具たちは、一斉にいろいろ語り出した。どうやら言いたいことが相当溜まっていたらしい。

それらを落ち着かせながら、美世たちは順々に話を聞いていく。

「喜太郎どのは、格式というものを高めたいようでございました」

「これまで善右衛門さんが作ってきたとを乃を、庶民向けじゃあなくて、より上級の客層に特化していきたいって言ってたね」

「善右衛門が生きていたときにゃあ、相当我慢してたんだろうなぁ。居なくなった途端、汚らしい格好は許さない、お国言葉を話すのは恥だっつって、貫太に面と向かって怒鳴りつけてたのさ」

「前々から、貫太のことを嫌っていたんだよ。善右衛門さんが留守のときには、わざと奉公人たちのご飯を少なくして、外仕事の多かったあの子のご飯がなくなるように仕向けてたんだから」

「貫太は、お国で飢饉を体験してたみたいでね、食べられる草やキノコ、毒草についても詳しくて、ここでも草やら花やらキノコやら、いろいろ採ってきてたのよ」

「質のいい野草や薬草を採りに行くために、湿地やら山やら川やら駆け巡って、どこにでも行ってたみたいでな、いつもこの店に戻ってくるときゃあ、泥やら汗やらで真っ黒よ。それが、喜太郎坊には気に食わなかったわけだ」

「旦那にとっては同郷のよしみでも、江戸生まれの若旦那にとってはそんな縁も無い。だから、旦那が亡くなった途端に、貫太をクビにしちまったのさぁ」

喜太郎の貫太に対する、一方的な憎悪。あるいはそれは、田舎への蔑視なのかもしれない。それがあったから、貫太は善右衛門が亡くなった直後に、この店を追い出されてしまったのだ。

「とすると、この店から貫太くんが居なくなったことと、その直後の食違い事件は、およそ無関係とは思えないわね」

「まぁそうだろうなぁ」詠が皮肉っぽく笑う。「いわば貫太は、この店にとっての医者みたいなもんだった。きちんと調べて薬を出してくれる名医だったわけだ」

「それが、急に居なくなってしまった。医者なんて、素人が見よう見まねでできるわけがない。それなのに」

「喜太郎とやらは、やっちまったんだろうな」

そう考えると、確かにすべてが繋がる。

以前、美世がとを乃で食べた会席料理には、野草や山菜の風味がふんだんに活かされていた。それを、素人が見てくれだけ真似して、何か変な草を料理に使ってしまったら、それが原因で食違いを起こしてしまうかもしれない。

その草とは何だったのか。

それは、貫太が既に気付いていた。

※

「たぶん、紫陽花」

単語を区切るような口調で、貫太は答えた。

「紫陽花の葉っぱは、毒がある。顔が赤くなったり、吐いたり、下痢したり」

その症状は、まさにとを乃の食違い事件で報告されていたものだった。

「殺鼠剤《さっそざい》の『猫不要』を食べてしまったときの症状にも似ているな」蘭太が補足する

ように言った。「『石見銀山《いわみぎんざん》ネズミ捕り』とも言われている、砒霜《ひそう》や燐《りん》を使った猛毒で、そちらを食べれば死ぬことも大いにある」

「なるほど」美世は考え込みながら頷く。「症状が似ているから、北町の館柱さまは『毒殺』だと勘違いなさった……というわけでもなさそうよねぇ」

眉根を寄せて美世が言うと、求馬と蘭太も揃って頷いた。

これは、誤解から来るものではない。意図的に、貫太のことを貶《おとし》めようとしているようにしか思えないのだ。

「それにしても、なんで紫陽花の葉なんて使ったのかしら?」

そんな美世の疑問にも、貫太は即答する。

「葉っぱが、青紫蘇にそっくり。夏は特に、紫陽花は花が終わって、切り落とされたりしてるし、青紫蘇の葉っぱも大きく育ってるから」

「なるほど。それじゃあよく見ないと気付けないのね」

「香りはぜんぜん違う。それに、毒のある葉っぱは、虫が絶対に食べないから」

「それじゃあ、葉っぱの見た目は、紫陽花の方が綺麗に見えるのね――」

奇しくもそれが、見栄っ張りの喜太郎には、「綺麗で良い物」に見えてしまったのだろう。

「だから、本来は青紫蘇を使う料理なのに、紫陽花の葉を使ってしまった、と」

以前、とを乃で食事をしたときは、確かに鯵のタタキに青紫蘇が使われていた。タタキにすれば葉を細かく刻むことになるので、もしかしたら、葉の虫食いを誤魔化すための工夫でもあったのかもしれない。

それがもし、青紫蘇ではなく紫陽花の葉を使っていたとしたら……。

貫太の話では、食べてから半刻もあれば、症状が出るらしい。

つまり、まさに食違い事件の報告にあったように、しばらく食事を楽しんでから症状が出て、惨憺たる状態に陥ってしまうということだ。

「紫陽花なら、とを乃の庭にもあったわね」

花咲夜が美世に囁いたので、美世はそれを自分の話のようにみんなにも伝えた。

求馬が頷いて、しかつめらしい顔で言った。

「あとは、それが誰の手によって行われたのかだが」

「恐らく喜太郎だ――」

そう答えたのは、蘭太。

「もし、奉公人や女中が間違えたのなら、喜太郎は、その人間を犯人として突き出すことで、自分を被害者の立場にすることができる。現にこうして、無実の貫太ですら犯人扱いしているのだから、犯人が他の奉公人なら、その者を犯人呼ばわりしない理由はない。それなのに、それをしないのは、喜太郎自身が過ちを犯したからだろう」

「私もそう思います」

美世も同意して、自分の推察を話した。

「恐らく、喜太郎さんとしては、『自分のせいで食違いを出した』という評価を消したいんだと思います。自分の不注意で食違いを出せば、廃業は必至です。だけど、もし『誰かに毒を入れられた』としたら、それは毒を入れた人間のせいになり、自分は責められることなく、店も潰れずに済む。そうやって、『自分は悪くない』という状況を作り出そうとしているんだと思います」

それは、これまで美世が何度となく見てきた、「妖怪の仕業」だと主張する人たちの特徴でもあった。

妖怪という、普通の人にとっては曖昧な存在を前に出して、「妖怪の仕業」だと主張することでさらに曖昧な状況を作り出す。

それは、「自分のせい」だと言われなくするための、詭弁《きべん》だ。

そして、今回の件でその詭弁を使う人がいるとしたら、喜太郎しか居ないのだ。

※

そのような話し合いを踏まえ、とを乃に潜入している美世たちは、続いて庭の方へ回っていく。そこに、紫陽花が植えられていたからだ。

貫太の話では、そこ以外にはとを乃の敷地内に紫陽花はないし、周囲にも、勝手に採れるような場所には生えていないという。

つまり、あの日の宴会中に紫陽花の葉が使われたとしたら、この庭で採った以外にないのだ。

本当に、貫太は植物に関しての知識が群を抜いている。いずれは、その知識を活かした職業に就くのだろうか。就けたらいい……報われてほしい。

美世は、心からそう思う。

ふいに、先を歩いていた詠が声を上げた。

「やられた！」

美世は咄嗟に駆けだした。とを乃の建物を裏から回り込むようにして、庭を覗く。その角に紫陽花があったはずだ。

だが、無かった。

そこには、何も無かった。ぽっかりと、不自然な隙間が空いていた。よくよく目を凝らすと、そこだけ土の色が変わっている。

「なんてこと。抜かれたんだわ。根こそぎ全部」

「そこまでやるかぁ？」

詠が呆れて吐き捨てる。

実際、やられてしまったのだ。これでは、ここの紫陽花がどうなっていたのか、まったく解らない。

却って怪しいと言えばその通りだ。だけど、これでは、この紫陽花の葉が食中毒の原因だったかどうかの証が立てられない。

あまりに想定外の展開に、美世はその場で立ち竦《すく》んでしまった。

するとふいに、とを乃の門の外で明かりが灯った。

揺れ動く、複数の提灯の明かり。

「まずいぞ。夜廻りの同心だ」

詠が焦った声を上げた。

それは転じて、普通の人には猫の鳴き声になって聞こえる。

「うん、猫か？　人の話し声がしていたと言うから来てみれば」

「もしかしたら、猫の真似をした人間かもしれん」

「まぁ、ここの若旦那からは、毒の一件もあるから警戒を強めてほしいと言われているし。何かあってからでは取り返しも付かんからな。どこか入れる場所を探そう」

会話をしながら、とを乃の周囲を回っていく。

美世は身を屈《かが》めながら、何とかこの場を抜け出せないかと思考を巡らせる。

一方の同心たちは、愚痴のような世間話を始めていた。

「しかし、俺らが夜に働いてる中、吟味方の旦那は、どこかの料亭で優雅な食事でもして、今ごろはぐっすり夢の中に居るんだろうなぁ」

「俺たちも、いつかそういう食事にありつける日が来るのかねぇ」

「館柱の旦那みたく、出世していければな」

「館柱の旦那みたく、ねぇ……」

皮肉が交じったような声だった。

それだけで、帯刀の役所内での評判も理解できた気がした。

「お。この生け垣なら、越えて中に入れそうだ」

「ああ。それじゃあ、お邪魔しますよ」

ついに同心たちが、とを乃の敷地内に入ってきた。身を隠している美世からは見えないが、恐らく美世たちが入ってきた所と同じ場所――建物のすぐ裏手だ。

そこから庭の側に歩いてこられたら、すぐにも見つかってしまう。不幸にも、紫陽花が抜かれてしまっていたせいで、近くに隠れられるような草木が無くなっていた。

せめて、食器たちの集まっている方向に進んでくれたら、その隙に抜けられるだろうけど。

「俺が飛び掛かっている隙に、美世は逃げろ」

詠が小さく囁き、身体を低く身構えた。

美世は言葉を出さずに首を横に振った。そんなことは無理だ。相手は二人いるのに。

「他に動ける奴はいないだろ。まぁ俺に任せておけって」

詠がいっそう体勢を低くした。

「ここは儂《わし》らに任せなさい」

ふと、優しい声が美世の耳に届いた。

次の瞬間――

ガシャン！　ガチャガチャ！　物が盛大に崩れたような激しい音が鳴り響いた。

宵闇の静寂を切り裂くような音。美世も思わず小さく悲鳴を漏らしてしまった。だが、その声すらも掻き消すように、物が崩れていく音が鳴り続けている。

「何事だ！　そこに誰かいるのか！」

同心たちが声を荒らげ、音のした方へ向かっていった。

建物裏手の、軒下。そこを二人の同心が覗き込んでいる。

長年とを乃で働き続けてきた道具たちが、置かれている場所。

「奥に、誰か隠れてるのか！」

同心たちが提灯を突き出した。

「うへぇ。壊れた茶碗やらがいっぱいだぁ」

「勝手に壊れるとは思えない。軒下に誰か入り込んでいるやもしれん」

「猫か？」

「猫なものか。崩れたのは上にある物だけじゃない。下の方まで全部壊れている」

同心らは、警戒するようにゆっくりと、軒下に頭を突っ込んでいく。

その隙に、美世たちは静かに、とを乃の敷地を抜け出した。

闇の中、食器たちの踏み砕かれる音が響く。

この音は、まるで『料理茶屋とを乃』そのものが崩壊していく音のよう。

美世には、そう思えてならなかった。


同心らに気付かれることなく、とを乃を脱することはできた。だが、美世の足取りは重く、思ったように進んでくれない。

……もし、私がとを乃に行かなかったら、こんなことにはならなかったのに。

そう思ってしまって、これから何かをやろうとすることが、怖くなった。

「ねぇ、お美世――」

耳元で、優しく、花咲夜が語りかける。

「あなたが何を考えているのか、付き合いの長い私にはよく解る。どうせ、『自分があんなことをしなければ、こんなことにはならなかったのに』と思って、怖くなっているのでしょう？」

花咲夜の炯眼《けいがん》に、美世は言葉に詰まってしまい、頷きだけを返した。

「ならお美世は、彼らが軒下に捨てられたまま、静かに土に還《かえ》っていく方がよかったと思うのかしら？」

「そうじゃないわ。壊れさえしなければ——直すことさえできれば、また、善右衛門さんみたいな人に、使ってもらえるようになるかもしれないって」

「そんなことは、ありえないでしょう——」

花咲夜は、淡々と、冷静に言った。

「私も人との付き合いが長いから、解る。捨てられた食器が元の生活に戻るなんてことは、ありえないわ。そして、彼らだって人との付き合いが長かった。彼らは悟っていたのよ。もう元の生活には戻れない——決して付喪神にはなれないんだって」

「で、でも！」

「それでも彼らは、最後の最後に、人間の役に立てたのよ。あなたの危機を救うことができた」

「そんなの、詭弁だわ」

「詭弁なんかじゃない。あなたは、あなた自身の価値を理解していないだけ。あなたは妖怪の声を聞いてくれる。妖怪にとって、自分の声を聞いてくれる人間に出会えることがどれだけ有り難いことか――どれだけ幸せだったことか」

「俺も同感だ――」

詠が隣で、ジッと前だけを見ながら言った。

「妖怪の声が聞こえる女の子がいる。それが、どれだけ俺たちの頼りになったか」

きっと詠は、美世と出会ったときのことを思っているのだろう。

仲間の猫たちが三味線の皮にされそうになっていたところを、詠は、助けを求めて美世の元にやってきた。

もし美世が妖怪の声を聞けなかったら……誰も妖怪の声なんて聞くことができなかったら……詠も仲間たちも助からなかっただろう。

「お美世。あなたは、人間と妖怪どちらの姿も見ることができる。どちらの声も聞くことができる。だから、普通の人間の倍の出会いを経験することができるし、普通の人間の倍の別れも経験することになるわ」

「そう、よね」

「かく言う私も、私の声が聞こえる人間と出会ってしまったばかりに、他の妖怪たちよりも多くの出会いを経験して、そして、別れを経験することになる。でもね、だから、私は幸せなのよ」

「花咲夜」

美世はその名を呼んで、思わず簪に触れる。鼈甲が、心なしか少し温かい。

「お美世。今のあなたができることは、何かしら？」

花咲夜の言葉が、美世の背中を押す。

今、何よりも大事なのは、貫太の無実を証明すること——誰にも否定されないように知らしめることだ。

だが、そのための証拠は、喜太郎らによってことごとく潰されてしまう。

たとえ証拠を集めて評定に掛けようにも、相手はそれを握り潰せる地位にある。

人間の規律が、まったく役に立っていないこの状況。

……だったら、私にできることは。

——私たちにできることは。

「詠。調べてほしいことがあるの。お願いできるかしら」

詠は予期していたように、ニヤリと笑む。

「お願いだなんて水臭いこと言うなよ——」

詠の背後に広がる宵闇に、無数の目が光る。

「俺たちも一緒に、復讐《ふくしゅう》させてくれよな」

詠の瞳も、炎のように燃え上がる。

たとえ人間が、陰に隠れようとしたところで、そこはもともと妖怪たちの領域だ。

人間たちのかくれんぼを、『鬼』が見つけ出すように──

絶対に、今回の事件の全容を、白日の下に曝《さら》け出してみせる。

五

立秋を間近に控えた、上野不忍池《しのばずのいけ》。

陸上の花々に負けず劣らず、水上に浮かぶ蓮の花が盛りを迎えていた。

見栄えも香りも、早朝──朝日の昇る頃が良いとされているが、宵闇の中、提灯や灯籠の明かりに浮かび上がる蓮の花も、人気を博していた。

不忍池の畔《ほとり》には、数多くの料理茶屋が建ち並んでいる。その中でも『貴船《きふね》』は、役人や大店《おおだな》の商人たち行き付けの料理茶屋として評判だった。

客の入る座敷同士が離れた造りになっているため、話を聞かれる心配はなく、もちろん女中たちも漏らすことがない。廊下を歩いても、他の客と顔を合わせることすらないよう気配りが行き届いている。時間を違《たが》えて別々に来店すれば、誰と会っていたのか、そもそも何人で来たのかすら解らないよう、徹底されていた。

もちろん料理も優れていて、この季節の定番である荷葉飯《はすのはめし》は、蓮の葉で米を巻いて蒸した物だけでなく、蓮の葉の柔らかい部分を細かく刻んで混ぜたものも用意されていて、どちらも楽しめるようになっている。

そんな貴船を、今晩も多くの客が訪ねていた。

この時季は、蓮を間近に見られる池に面した座敷が人気だが、それは表向きのこと。それ以上に、店の奥、池ではなく高台に面した部屋が、密かに人気を集めている。

誰にも聞かれたくない、秘密の話をするために。

貴船の裏手は、忍ケ岡《しのぶがおか》や忍ケ森《しのぶがもり》と呼ばれる高台になっていて、東叡山《とうえいざん》、すなわち東都の比叡山《ひえいざん》とも称される。かつて天海《てんかい》僧正が建てた清水観音堂《きよみずかんのんどう》は、まさに京都《きょうと》の清水寺《きよみずでら》を江戸にも造るべく、この台地に建てたという。この観音堂は、京都の本家に勝るとも劣らないほどの絶景と、絶壁を誇っている。

貴船という店名も、京都の貴船《きふね》にあやかって付けられていた。

その高台側に面した貴船の奥座敷は、窓からの景色こそ無造作な草木が見えるだけで風情もないが、裏を返せば、外から覗かれる心配もなく、誰かに話を聞かれる心配もないということ。

せいぜい、木々の合間を縫って顔を出す狸や野良犬が見てくる程度。獣に見られたところで、それが人間に知れ渡るようなことなどありえないと。

仮に、「獣が見聞きしたと言っていた」などと言う人間が現れたとしても、そんな人間はまったく信用できないだろう。

故に、この奥座敷は、貴船にとって最も高額の部屋でもあった。

今宵の奥座敷には、二つの男の声が響いていた。

「本当にありがとうございます、旦那様。お陰さまで、食違いの汚名を着せられてしまいそうだった当店は、晴れて『毒殺犯の被害者』となることができました。しばらくすれば、何のケチも付かずに再開できそうです。何とお礼を言ったらいいのやら」

若い男の声。興奮を抑えきれないように裏返っていた。

「礼を言う前に、お主は頭を使うことを覚えろ。青紫蘇と間違えて紫陽花の葉を使うなど、無知にも程がある」

重厚な声が、呆れたように言った。

「も、申し訳ございません。本当に、旦那様のお力添えがあればこそ、愚鈍な私めでも、こうして再開に漕《こ》ぎ付けられたのですから」

「安心するのはまだ早かろう。と言いたいところだが、例の『犯人』の居場所は、既に突き止めている。こちらの勝利は時間の問題よ」

「なんと！　ついに奴を捕まえることができるのですね！」

「しぃ。声が大きい」

「あっ⁉　す、すみません」

「ふん。まぁ良い。その程度の声も外へ響かないのが、この部屋の売りなのだから」

「そ、そうですよね。もし外に漏れるようなら、この店は嘘つきで、詐欺っていうことですからね」

若い男の声は、調子よく言い捨てていた。

「そんなことより――」

重厚な声が、わずかに苛立ちを込めていた。

「お主の希望は叶《かな》えてやったのだ。その上で、こちらの希望を叶えることは、本当にできるのだろうな？」

「それはもう勿論でございますよ。当店に集まるのは、いずれも伝統的な大店を打倒せんと、勢いのある新進気鋭の商人ばかり。彼らも、旦那様によって江戸の秩序を守っていただけるよう、協力は惜しまないでしょう」

「勿論、お主も協力を惜しむことはないのだろう？」

「も、勿論ですよ。ここの料金も、これからのことも、すべて私が払わせていただきますので」

若い声は、震えながらも、どこか嬉しそうに弾んでいた。

「ならば、せっかくの機会よ。名物の荷葉飯と旨い酒を追加で戴こうか」

「ええ、それはもう、喜んで」

拍子木の音が二つ、辺りに響いた。声の届かない奥座敷では、拍子木を打って人を呼ぶことになっていた。

やがて、奥座敷に近付いてくる足音が聞こえてきた。

一つや二つ……では済まされない。一〇や二〇といった足音が、雪崩のように近付いてきていた。明らかに、店の人間ではないモノが近付いてきている。

「何事かっ⁉」

重厚な声が、裏返っていた。

「ひぃっ⁉」

若い声の悲鳴が響き渡る。

一瞬の静寂。

やがて、先ほどの二人とは別の、凄みのある声が辺りにこだました。

「佐々木喜太郎、および、館柱帯刀。両名を、誣告《ぶこく》の謀略によりひっ捕らえる！」

「なんだとっ⁉」

困惑と怒りを込めた、重厚な声――帯刀の叫びがこだまする。

「な、何か証拠でもあるのか！」

完全に裏返ったままの、若い声――喜太郎の悲痛な声もこだまする。

それに対して、凄みの薄れた、呆れた声がこだました。

「貴様らの声は、この店どころか周囲の店にまでこだまするほどの大声だったではないか。それほどの声で罪を自白しておいて、他に何の証拠が必要か」

「なん、だと」

呆気《あっけ》にとられた帯刀の声が、辺りにこだまする。

その声は、貴船の他の客室にも——さらには不忍池の他の店にまで——はっきりと響き渡っていた。

奥座敷の窓の外——上野忍ヶ岡に暮らす妖怪『木霊』たちの力によって。


「北町奉行所の吟味方与力・館柱帯刀が、佐々木喜太郎という商人と結託して、まだ幼い奉公人を咎人として濡れ衣を着せた」

「あろうことか、料理茶屋での食違い事件の、真の咎人はその商人だった」

その話は、瞬く間に江戸中にこだました。

また、役人による締め上げによって、喜太郎と帯刀が貴船で何度も密会していたことを、他でもない貴船の主人が白状した。

貴船としては、奥座敷での会話が筒抜けだったことで信用を失ってしまった上、それが「妖怪のせいだった」などという変な噂まで広まってしまっていた。そこに、帯刀の上役に当たる町奉行が、貴船も謀略に参加していたのではないかと厳しく追及してきたのだ。こうなっては、たとえ己の信用を削ってでも正直に話す以外、生き残る道はなかったのだ。

するとと喜太郎は、相当追い詰められていたのだろう、困惑しきりに言い放った。

「我々が話していたのは、貴船の奥座敷なのです。その声が外に漏れるなんて、可笑しいじゃあないですか！」

きっと本人は、「得体の知れないことが起こっているから、信用してはいけない」と言うつもりだったのかもしれない。

だが、それを傍から見ると、「この内容の話を実際にしていた」ということを自ら認めたようなもの——会話の内容は間違っていないと自白したようなものだった。

自白は、評定において重要な要素となる。

奇しくも自ら進んで自白してしまった喜太郎は、その後、遠島への流罪となり、二度と江戸の地を踏むことは叶わなかった。

また、とを乃で働いていた奉公人や女中らも——どこからか裏事情が漏れたために——結託して貫太をいびっていたという話が、江戸中にこだましていた。そのため、彼らは「奉公の気持ちが微塵《みじん》もない」と断ぜられ、江戸から去らざるを得なくなった。

一方の館柱帯刀は、いまだ余罪の取り調べを受けている。

なにせ、これまで担当してきた事件——一〇〇を優に超える捕物が、すべて濡れ衣であったかもしれないのだ。その事実を突きつけられた奉行所は、総力を挙げて帯刀を絞り上げている。

その全容が解明されて白日の下に晒されるのは、まだまだ先になりそうだった。

この事件、一件落着と言えるまでは、まだ遠い。

六

料理茶屋とを乃は、廃業となった。

それを見た町民たちは、こう噂している。

「ザシキワラシが去ったからだ」と——

まるで半月前と変わらない台詞。

だが、ここに言うザシキワラシは、妖怪のことではないのだ。

この一件が起こったのは、店に富をもたらす『優秀な働き手』が去ってしまったせいだったのだと、町民たちは知っている。

だからこそ、その教訓譚《たん》として、江戸の町民は語り継ぐのだ。

ザシキワラシの去った、とある料理茶屋の話を。

とを乃は潰れた。

それは、美世たちにとっても嬉しい知らせのはずだった。

少なくとも、これでもう貫太が苦しめられるような事態にはならないはず。

そう思って貫太の表情を見ると、彼は浮かない顔をしている。

「オラ、これからどうすりゃいい。どこに行けばいいんだか」

その呟きに、美世も求馬も蘭太も、答えることができなかった。

善右衛門が亡くなり、とを乃が潰れた。故郷では、家族が飢饉で亡くなっている。

貫太の居場所は、次々と失われてしまったのだ。

真淵家に居てもいい、と言うことはできるし、美世も求馬も、一緒に暮らすことはやぶさかではない。

だが、本所改与力の家に、ただの居候で居続けることは、あまりに困難なのだ。

商人の家に奉公に行くのとは違い、与力の家に居候したところで、将来与力になれるわけではない。養子縁組をすれば別だが、そのような重要な話は、求馬たちも気楽に提案できるものではない。

かといって、蘭太に話を振るわけにもいかない。蘭太に話を振るということは、美世たちは引き受けないと宣言することと同義なのだから。

そして恐らく、貫太自身も自分の境遇を察している、そんな気が美世はしていた。

だからこそ、先ほどの台詞を言わずにはいられなかったのだろう。なにせ貫太は、自分の分の食事がなければ、毒キノコを食べてしまうような子なのだから。

そのとき、ふいに表から来客の声があった。

「御免下さい。こちらは真淵求馬どのの屋敷であろう。在宅であられるか？」

男の声が、木霊も介さずに室内まで響く。

「ここに！　しばしお待ちくだされ」

求馬も、まるで競い合うかのように大声で返事をしていた。

この屋敷に、人間の来客とは珍しい。

そんな皮肉を浮かべながら、美世も求馬と共に、応対のため玄関へ向かった。

そこには、六〇の坂を越えたような、禿頭《とくとう》の老爺が立っていた。

服装が、あまり見たことのないような格好をしている。小袖や袴《はかま》などの見慣れた装いとはまったく違う。袖のない羽織を肩にかけて、首元で結んだような形をしている。

「私は、大槻玄沢《おおつきげんたく》と申す。突然の訪問、無礼をお許し願いたい」

老爺は恭《うやうや》しく礼をした。美世たちも倣《なら》って、礼を返す。

大槻玄沢。その名を、美世も前に聞いたことがあった。

「玄沢先生！」

ふいに背後から蘭太の声が響いた。いつの間にか、蘭太と貫太も顔を覗かせていた。

大槻玄沢は、蘭太の師匠の名だ。美世は詳しくは知らないのだけど、いわば、現代日本における蘭方医の最高峰にいるような人だと聞いている。

……そのような方が、兄さんに何の用が？

玄沢は、蘭太の声と姿を認めて破顔していた。

「誰かと思えば、権八ではないか」

「蘭太です！」蘭太が訂正を叫びながら、玄関から出てきた。「どうされたのですか、先生。確か現在は、『重訂解体新書《じゅうていかいたいしんしょ》』の刊行準備や、仏蘭西《フランス》で作られた辞典を翻訳する作業で、お忙しいのでは？」

「それらも重要ではあるが、今回は、また別の重要な職務をする必要があるのでな」

玄沢の意味深長な言い回しに、蘭太だけでなく美世や求馬も、首を傾げた。

すると、玄沢の視線が、美世たちの背後に向けられた。

「おお、あの子がそうなのだな」

その言葉に振り返ると、物陰に隠れるようにしつつ、貫太が玄関まで来ていた。

「その子の噂は、かねがね聞いておる」

玄沢の言葉に――『噂』という言葉に――貫太がビクッと肩を跳ねさせた。

「ああ、済まぬ済まぬ。私が聞いていたのは、良い噂だ。そこまで怯えずとも良い」

良い噂、と言われても、美世はそんな噂があるなんて知らない。

思わず困惑していると、玄沢は視線を鋭くして貫太を見つめた。

「料理茶屋で起きた食違い、その原因の草を言い当てたそうだな」

貫太に向けられた質問。貫太は、一瞬だけ戸惑った様子を見せたものの、すぐに頷いてみせた。「紫陽花、でした」

「うむ。あの事件以降、『紫陽花は毒草である』という話も、世間に伝わっているようだ。今後は、そうそう誤食による食違いも起きんだろう」

それもまた、今回の事件が生み出した教訓譚と言えるだろう。

すると、貫太は急に首を横に振って言った。

「紫陽花の葉っぱは、下痢したり吐いたりしちゃうけど、『毒』って決まったわけじゃないです」

玄沢の視線がいっそう鋭くなった。「それは、どういう意味だね？」

「いっぱい食べなければ、風の薬になるし、下痢したり吐いたりするのも、身体の中の毒を外に出せたりします」

「確かに紫陽花は、古来、漢方としても利用されている。嘔吐や下痢の症状も、身体に入ってしまった毒素を排出するという意味で、解毒としての使い道がある」

玄沢が楽しそうに言った。六〇を超えていそうな老爺なのに、どこか子供っぽさを感じてしまいそうになるほど、無邪気に見えた。

「やはり、噂通りに面白い子だ」玄沢は、本当に面白そうに笑んだ。「本草学《ほんぞうがく》の知識を、経験則から学んでいる子供。まさに生き字引のような子よ。私などが二〇代で纏め上げた知識くらいは、この子は既に持っているやもしれん」

言葉を尽くして誉めそやす玄沢。

その様子を見て、玄沢がなぜ真淵家に来たのか、美世は察した。それは求馬も蘭太も同じだったらしく、揃って貫太のことを振り返っていた。

貫太は、まだ話の流れが摑み切れていないらしく、一斉に振り返ってきた美世たちに、困った顔を向けていた。

すると玄沢は、美世たちの間を抜けるようにして、貫太に近付いていった。美世たちが乗り気であることを、玄沢も察したようだ。

だからあとは、貫太の気持ちだけ。

「貫太。お主の知識と経験を、ぜひ、私の弟子として活かしてはみないか？」

「え？」

困惑した貫太の顔。だが、それはすぐに笑顔になって、そして、泣き顔に変わった。

「オラが、行ってもいいのかな？」

なんとかして絞り出したような、震える声。

「お主に、来てほしいのだよ」

玄沢の言葉に、貫太は何度も頷いて、そして、声を上げて泣いた。

嬉し泣きの声が、本所深川の町にこだまする。


こうして、貫太は玄沢に引き取られていった。

手を繋いで本所の町を歩く姿は、本当の祖父と孫のようにも見える。

きっと将来は、優秀な学者か医者か、それとも美世の知らないようなもっと優秀な存在になるのかもしれない。

その小さな背中を見送りながら、それがどこまでも大きくなることを夢見て。

「まるで、奇跡だな」

蘭太が嘆息しながら言う。

それは違う、と美世は首を横に振る。

「これこそが本当の、ザシキワラシのお陰なのか?」

求馬が声を震わせながら言う。

美世は、やっぱり首を横に振る。

だってこれは――

「妖怪の仕業じゃあ、ございません」

美世は、はっきりと断言する。

「貫太くんの、実力のお陰じゃあないですか」

第四話　炎魔の災日

一

立秋を迎え、向島の百花園《ひゃっかえん》に秋の七草がちらほらと見え始める頃。

夏至から数えて二月ほど。行灯に使っている油の減り具合が次第に増えていく、夜長の季節。そんな日常の何気ない変化で、美世は秋の訪れを実感していく。場合によっては夜通しの仕事をすることもあるため、尚のこと目に見えて解るのだ。

……行灯に魚油を使うと、詠がこっそり舐めて、減りが激しいのよね。

その姿は、まさに妖怪として描かれているような、二本足立ち。

「食欲には逆らえねぇ」と悔しそうに呟きながら舐め続ける詠は、それはそれで可愛らしいのだけど、毎晩のように舐められてしまっては、こちらも無視できない。

毎夜のように消費する油を少しでも節約するため、美世は、自室で使う分だけでも臭いを我慢して安価な魚油を使いたかったのだけど、こうも舐められ続けてしまったら結局トントンになってしまう。そこで、詠が舐めないように菜種油を使っていた。

お陰で詠は、もう夜に起きている意味は無いとでも言いたげに、美世の布団の上で丸まっている。

ふと、奥の部屋からミシッと音が鳴った。

家鳴《やな》りだ。妖怪の『家鳴り』が駆け回っているのか、それとも、単に柱や梁《はり》が軋《きし》んで鳴っただけなのかは解らない。

……それとも。

美世は思わず、音の鳴った方に視線を向ける。

……この家に、母さんや父さんも帰ってきてくれてるのかな。

家鳴りが聞こえてきたのは、仏間だった。両親の位牌《いはい》が置かれている部屋。

今日は、七月一五日――盂蘭盆会《うらぼんえ》。

この夜が明ければ、もう七月一六日――盂蘭盆会の最後の日だ。

いわゆる『お盆』。一三日に、一刻も早く家に帰るべく、胡瓜《きゅうり》の駿馬《しゅんめ》に乗ってやってきた霊たちは、一六日、名残を惜しむようにのろのろと、茄子《なす》の牛に乗って死後の世界へ戻ってゆく。

そして同じく一六日は、閻魔《えんま》賽日《さいじつ》――地獄の釜《かま》の口が開く日でもある。

江戸の各所にある閻魔堂や仏閣では、閻魔賽日に合わせて本堂を開帳し、所蔵されている閻魔の像や巨大な掛軸絵などを披露している。これを目当てに『閻魔参り』の人が集まり、縁日も開かれている。中には凄《すさ》まじい迫力の絵画や像を披露している所があり、特に子供たちにとってはそれこそ地獄の釜の蓋を開けたような大騒ぎが繰り広げられることとなる。

この日、真淵家では、昼間に近くの仏閣を参拝し、先祖霊たちを夕暮れ時に送り返すことにしていた。

送り火を夜になって焚《た》く家が多い中、真淵家では必ず夕暮れ時に焚くと決めていた。

美世が、そう決めたのだ。


いつだったか——美世が幼く、求馬もまだ子供らしさが抜け切れていないような歳だったとき——求馬が美世に聞いてきたことがあった。

「妖怪が見えるなら、幽霊も見えるのか？」

そのときの美世は、兄の真意に気付けないまま正直に答えていた。

「幽霊は、見えるけど」

「けど？」

「みんな、『うらめしや』って言ってるの」

その答えが、当時の兄をどれほど傷付けることになったのか、今の美世は想像できてしまう。

優しかった母には会えない。父にも、もう会えないのだと。

そのことが、今は美世のことも傷付ける。

仏間から聞こえる家鳴りは、父の仕業でも母の仕業でもない。そして妖怪の仕業でもない。そのことは、美世には解り切っているのだ。

だからこそ、美世は夕暮れ時——黄昏刻に、盂蘭盆会の送り火を焚くことにした。

黄昏刻《たそがれどき》は、誰《た》そ彼刻《かれどき》。

朱色に染まり、長く大きな影が伸びてゆく世界の中で、誰とも彼とも知れない影が、そこかしこに存在している時間。

人間も妖怪も入り混じる。そして、きっと幽霊も、この影の中に居るかもしれない。

ふとすれ違う、顔もよく見えないような人影は、実は幽霊かもしれない。

『かもしれない』という、一縷《いちる》の望みを抱くことができる。

だから、真淵家の送り火は、夕暮れ時に焚かれるのだ。

もっとも、行き交う人々の顔をよくよく見てしまうと、見知った顔の人間だということに気付いてしまうのだけど。

ある年では、いつものように遠目で見ていた大人の男女の影に、一つ小さな影が、跳び付くように抱き付いたことがあった。

八歳くらいの背丈の、男の子。喉がはち切れんばかりの泣き声が、美世たちの耳にも届いた。

七月一六日は、藪入《やぶい》りでもある。

住み込みで働いている奉公先から実家に帰ることができる、年に二回の藪入りの一つ――後の藪入り。

あの子たちにとっては、正月の藪入りから半年ぶりの再会だったのだろう。あるいはこの半年間に勤め始めた、初めての藪入りだったのかもしれない。

そんな家族水入らずの時間も、夕暮れになれば終わりを告げる。奉公先へ帰らなければならない。

周りも状況を察して、微笑ましく、と同時に情が移って寂しそうに、親子のことを眺めていた。

「帰りたくない」とぐずる子供に、両親は困ったように、だけどどこか嬉しそうに、優しく声を掛ける。

「今日は楽しかったろう。おとっちゃんもおっかちゃんも、すごく楽しかった――」

父親が、ちょっと乱暴にも思えるくらいに男の子の頭を撫でた。そして腕の下に手を伸ばすと、一気に抱き上げた。

「あぁ、こんなに重く、大きく育ってるんだなぁ。次に会うときは、もう持ち上げられなくなってるかもなぁ」

「や、やだっ。またやってほしい」

そう甘える男の子に、周囲からも微笑ましい笑いが漏れる。

「今度帰ってくる頃には、お前もお兄ちゃんになってるんだよ。しっかりおし」

楽しそうに言う母親は、お腹が膨らんでいた。もうすぐ弟か妹が産まれるのだろう。

「また会える。今度は正月に、もっと成長した姿を見せておくれ。おとっちゃんたちも、もっとお前が楽しくなるよう頑張って、お前の帰りを待ってるからな」

そう父親が伝えて、男の子を地面に降ろす。男の子は、両親に寄り掛かることなく立つと、力強く頷いて、ゆっくり、何度も振り返りながら、両親の元から離れた。

そんな家族の様子を、美世と求馬は、無言で見つめていた。

あの家族の姿を見たのは、もう三年くらい前になる。あのときの男の子も成長しただろうし、きっと立派な兄になっていることだろう。


今年のお盆も、明日になったら終わる。

美世は、胸いっぱいに息を詰め込んで立ち上がると、行灯に歩み寄って、ふぅっと大きく吐いた。

行灯の火が、揺れて、消えた。

二

一六日。盂蘭盆会の最終日と閻魔賽日、そして藪入りとが重なるこの日は、朝から賑やかだった。

ただ、神社仏閣の祭の日や正月などとは違った、独特な雰囲気を纏っている。

子供たちは『ぼんぼん』を持ち、手を繋いでぼんぼんの歌を歌っている。

「ぼんぼんの一六日に、閻魔さまへ参ろうとしたら、数珠《じゆず》の緒が切れ、鼻緒も切れて、なむしゃかにょらいと手で拝む」

意味がありそうで無い歌詞に、子供ならではの拍子外れな大きな声。

そこに重なるように、托鉢僧《たくはつそう》らが「南無」「釈迦《しやか》」「如来」と読み上げる読経の声や、お鈴《りん》の音も聞こえてくる。

「親孝行でござぁい、親孝行でござぁい」

と声を上げ続けているのは、親を背負いながらお恵みを求めている男たち。といっても、本当の親を背負っているわけではなく、そこらの他人を背負っていたり、老婆の人形を背負っていたり、そして中には、自分の腹の上に若い子供のような人形を抱えながら羽織を纏って、あたかも子供が自分を背負っているかのように見せ掛けるという、芸を披露している者も居る。

親孝行を利用して銭を稼ごうとするなんて。

これを初めて見たとき、そう不快に思っていた美世なのだけど、以前、求馬にその話をしたら「それは違う」と窘められた。

「彼らは、親孝行をしようと思った矢先に親を亡くしてしまった人たちだ。そんな者たちが、ああして滑稽《こっけい》な『親孝行』を見せることで、『ああはなるまい』とか『自分は果たして親孝行できているだろうか？』とか、自分を省みるようになる。道化を演じて、自分を笑いものにすることで、周りの人の良心に問い掛けているのだ」

──もちろん、それを悪用して、こちらの善意に付け込んで小銭を稼ごうとしている奴も居るがな。

求馬は呆れたように付け加えていた。

この求馬の話を聞いて、美世は思わずハッとさせられたのだ。

自分には、何か親孝行としてできることはあるのだろうか。

既に両親がいない、自分には。

整えた髪に花咲夜の簪を挿して、美世は一つ頷く。

そして、求馬と詠と連れ立って、外に出掛けた。

壁越しに聞こえてきていた様々な声が、直に届く。

藪入りに合わせておめかししている子供たちと、そこに寄り添う親たち。

「浅草を案内してあげるよ」と得意げに両親の手を引っ張る男の子は、きっと浅草の店で奉公しているのだろう。

西へ向かうのは、浅草や両国広小路など、縁日や見世物小屋が開かれている場所が目当てだろう。

南へ向かうのは、深川八幡や法禅寺《ほうぜんじ》、そして『江戸三えんま』としても謳われる法《ほう》乗院《じょういん》のゑんま堂《どう》などに行くのかもしれない。

そんな中、美世と求馬は、北へ向かう。同じ方向へ向かう人も結構多い。

美世たちが目指すのは、本所押上の真盛寺《しんせいじ》だ。

そこは真淵家の菩《ぼ》提寺《だいじ》でもあるのだけど、閻魔賽日には多くの参拝客で賑わう人気の場所でもある。

近付くにつれて人の数は多くなり、そして賑やかになっていく。子供の悲鳴や泣き声が聞こえてくるのも、毎年のこと。どれだけ泣いても大人たちは微笑ましそうに笑っているので、子供たちは困惑してしまって余計に泣き出してしまう。

この日の真盛寺は、本堂が開かれ、そこに『閻魔庁前』の図——閻魔が死後の裁きをする様子を描いた地獄変相の巨大な画幅——が掛けられているのだ。

聞いたところによると、京の著名な画匠・円山応挙《まるやまおうきょ》が描いたものらしい。といっても、美世は円山応挙がどれほど凄い人なのかは知らない。ただ、その迫力は凄まじいと感じる。子供が見たら怖いだろうし、美世もその画幅を見る度に、得体の知れない恐怖を覚え、そして、どこか寂しくなる。

美世たちは人ごみに揉《も》まれながら、本堂に上がる。壁一面を埋め尽くすような巨大な画幅が掛けられている——閻魔庁前の図画。

求馬よりも巨大な姿で描かれた閻魔大王が奥に陣取り、その手前では、白装束を着せられた人間が列を成している。列の先頭に立つ男の前には、一枚の鏡が置かれ、そこに男の生前の行いが包み隠さず映し出されていた。それを見て、閻魔大王は判決を下すのだ。極楽行きか、地獄行きか。

その画幅の手前には棚が設けられていて、供え物と線香立てが置かれている。

美世は、ちらりとだけ画幅を見上げて、すぐに棚の方へ視線を落とし、線香を上げて手を合わせた。

隣では、求馬も丁寧に手を合わせて、閻魔の画幅に線香を上げる。目を開くと、まっすぐ閻魔庁前の画幅を見つめていた。

「そういえば兄さんって、閻魔さまの絵や像は怖がらないわよね。いつもなら、たとえ絵だとしても、亡霊図とか妖怪図とか怖がって、顔を向けようともしないのに」

妖怪の話を聞いただけでも怖がる求馬は、もちろんと言うのも可笑しいけれど、妖怪の絵も怖がって、見ようともしない。

亡霊、怨霊、死後の世界についても無理らしい。こと死後の世界に至っては、地獄絵図は言うまでもなく、極楽絵図ですら怖がる始末。

そんな求馬が、閻魔についての話や図画を怖がっている様子は、少なくとも美世は見た覚えがなかった。思い起こせば、たとえ地獄の絵だったとしても、閻魔大王が描かれていたら、どこか平然としていたような気もする。

「もしかして、お美世は覚えていないのか？」

「覚えてないって、何を？」

「昔、お前は『閻魔さまに会ったことがある』と言っていたのだ」

「えっ？」

美世は驚いて求馬の顔を見返した。

求馬は、画幅を見上げながら話を続ける。冗談を言っているようには見えない。

「そんな顔をするということは、本当に覚えていなかったようだな」

「うん。覚えてないけど」

ただ、この絵を見るときに、妙な懐かしさを感じていたのは事実だ。

「お前は身体が弱くて、特に幼い頃は、何度も死の淵を彷徨っていた。だから、いつ会ったのかは知らぬがな」

「そうなんだ」

「だが、そうか、覚えていなかったのか――」求馬は独り言のように呟いた。「それなら、こうして話せて良かった」

「どういうことよ。自分にも怖くないことがあるんだぞ、ってこと？」

「いや、そうではなくてな――」

――そういうこともあるにはあるが。

求馬は苦笑しながら付け加える。

「お美世は、この閻魔さまの絵を見るとき、どこか少し怯えているような、避けているような感じがしていた。その理由までは俺には解らないが、せめて、お前にこう伝えることはできる――」

求馬は、美世に向き直って、頬を緩めながら言った。

「閻魔さまは怖くない。なにせ、お前を死の淵から帰してくれたのだから」

そう言われて、美世は思わず改めて、閻魔庁前の画幅を見上げた。

死者の列を見定めるように見つめる、閻魔大王。

それで何かを思い出すわけではなかったけれど……。

その瞳は、どこか優しげに見えた。

三

正午。太陽が空の天辺で輝く時間。

盆の時季の太陽は真上の方から強く輝き、影を小さくする。こちとら暑くて敵わないのだが、これが江戸の盆なのだと言われたら、そういうものだとして受け入れる。

文句を言うのは、自分にできることをやり尽くして、それでもどうにもならないときだけ。この江戸に暮らす者たちからは、そんな気概を感じるのだ。

『武士は食わねど高楊枝《たかようじ》』と言うけれど、気概なら武士だけでなく町民にもある。むしろ町民の方が、心は強いかもしれない。

もちろん美世も、文句を言ったりすることはないのだ。

……暑い。暑い。あぁ、男衆みたいに上半身裸になったり、下半身をまくったりできたらどれほど楽か。いっそ近くの大横川に飛び込んでしまいたい！

文句は言わない――口には出さないが、心の内では愚痴を言いまくる。そうやって気を紛らわせるのが、せめてもの抵抗だった。

こんな心の声が花咲夜に聞かれたら、「もっとお淑《しと》やかにおし」と咎められてしまうだろう。そんな内心を誤魔化すように、美世は花咲夜の位置を軽く直した。

一方の求馬は、むしろ暑さで汗を掻いているのが楽しいかのように、歩調も力強い。

「こう人が多いと、スリにも気を付けなけりゃいけないなぁ！」

求馬が聞こえよがしに大声で話す。そうやって、道行く人に警戒心を持ってもらい、そしてスリたちにも躊躇いを生じさせる。

「迷子や誘拐にも気を付けないといかん！　お美世も、迷子にならないよう手を繋いでおくか！」

「ちょ、ちょっと兄さん。そんな必要はありません！」

一九にもなってそんなことを言われるとは思わず、美世は顔を真っ赤にして言い返した。

「いくつになっても、愛らしい子、格好いい子、利発な子などは狙われがちだ。気を付けるに越したことはあるまい！」

そんな求馬の声が聞こえたのか、幼い子を持つ親たちは、改めて自分の子を確かめていた。

これも、一種の道化だ。「あんな年でも迷子の心配をされている」という姿を見せることで、他の人に注意を促す。

ただ、お陰で美世は、周囲の人たちに名前を知られた上、恥ずかしい思いをさせられているのだけど。

美世が今度、真盛寺に来るのは半年後——正月一六日の閻魔賽日になるだろう。そのときまでに、ここで迷子や誘拐に注意を促す人が居たということだけを覚えておいてもらって、どうか美世の名前と顔は忘れてもらえますように。

美世はつい俯き加減で、真盛寺の前に並んだ縁日の間を足早に抜けていった。

やがて、本所押上からまっすぐ南下する大横川沿いの通りに出た。川で涼む人や、遊ぶ子供らは多かったが、先ほどまで揉まれていた閻魔参りの人ごみに比べれば落ち着いている。

川の流れに沿って、涼やかなそよ風が吹いた。美世は思わず「ふぅ」と一息吐いた。この暑さと、人ごみと、さっきの恥ずかしさとが相まって、身体が火照っている。

「少し休んでいくとしよう。川沿いで、空いている所があればいいが」

求馬の提案に美世は頷いて、ゆっくり川沿いを歩き出した。

「うっ⁉　あつっ！」

ふいに男の声が響いた。叫ぶような声。

「なにさ、そこまで暑くないでしょうよ」

苦笑が交じったような女の声がして、子供の笑い声も続いた。

きっと父親が、母親と子供を笑わせようとしてとぼけたのだろう。そう思いながら美世は視線を向けた。

「……え？」

そこにあった不可思議な光景に、息を吞んだ。

紺色の小袖を着た男の頭上に、ボゥと青白い火の玉が浮かんでいたのだ。

……人魂《ひとだま》⁉

いくらお盆とはいえ、真昼間から人魂なんて、そんなわけがない。そもそも人魂なんて――本物の人魂なんぞ――美世はこれまで一度も見たことがないのだ。

「ひぃっ⁉」

男が人魂を見上げるように振り返り、引き攣ったように悲鳴を上げた。

男の近くに居た人垣が、恐怖に慄きながら、倒れ込むように離れていく。

「お、おとっちゃん⁉」

男の近くに居た男の子が、叫びながら駆け寄っていった。

「近付くな！　焼け死ぬぞっ！」

求馬の大きな怒声に、男の子がピタッと動きを止める。

よく見ると、男の周りに炎が纏わり付いていた。太陽の下で見えづらくなっていただけで、火の勢いは凄まじい。

求馬は叫ぶと同時に駆けだしていた。火から逃げようとする人たちを搔き分けながら、いっそ突き飛ばすようにしながら、燃えている男に駆け寄っていく。

そして勢いよく男にぶつかると、勢いそのまま肩に担ぐように持ち上げながら河川敷を駆け、大横川の中へと突き飛ばした。

ジュッという音が鳴り、一拍置いて煙が舞い上がる。

辺りが、しんと静まり返った。遠くから聞こえてくる歓声や囃子《はやし》が、あまりにも呑気なものに聞こえてくる。

どれほどの時間が経ったのだろう。

ようやく火が完全に消えると、求馬はすぐさま男の身体を抱き起こした。

川で遊んでいた子供たちが、興味本位で近付こうとするが、それぞれの親が慌てて我が子を抱きかかえ、逃げるように離れていく。

これまではしゃぎ回っていた親子連れや、涼みに来ていた人も、困惑したように、あるいは恐怖に慄いたように、黙りこくって固まっていた。

「おい！　大丈夫か！」

求馬の呼び掛けに、返事はない。揺り動かしてみても、ただガクガクと揺れるだけ。

男の顔は焼けただれ、見開かれた瞼《まぶた》の奥では、虚《うつ》ろな目玉が中空を見つめていた。

求馬は苦々しく顔を歪め、首を横に振った。

「……死んでいる」

その言葉に、周りの女性から悲鳴が上がった。男性らも、悲鳴こそ上げないものの、喉を詰まらせたような声を漏らしている。

「誰かお役人さまを呼んできておくれ！　あたしは名主《なぬし》の旦那を呼んでくるよ！」

この辺りの住民なのだろう、段取りを仕切るように声を上げていた。

押上の町は、墨引の外側――つまり町奉行の管轄外だ。ここで起きた事件を捜査するのは、町奉行ではなく、各地域の町人代表に当たる名主や町年寄の役目となる。

一方、本所改は、形式的には町奉行の下に属する役職で、管轄も町奉行に準ずる。だが、こうして事件に鉢合わせたからには、求馬はもちろん美世も、何もしないで事件を明け渡すべきではないと思っている。

「まだ動くんじゃあない！」

求馬の声が辺りに響く。

「私は、本所改与力、真淵求馬である！　これより現場を検分いたす。怪しい動きをする者があれば、その者も取り調べさせてもらう」

求馬がそう名乗ると、みんな動きを止めたものの、少し騒がしくなった。

「本所改って、あの」「妖怪屋敷の？」「じゃあ、さっき見たアレって、まさか本当に人魂なのか？」

それを聞いて、美世は思わず言ってしまいたくなった。

人魂の仕業なんかじゃあ、ございません！

……人魂なんて、居ない。私にはそれが解ってる。

解っているのに、それを口に出して断言することは、どうしてもできなかった。

……だけど、さっき見えたモノは、人魂にしか見えなかった。

青白く、尾を引くように宙を舞う人魂。

その様子は、『万葉集《まんようしゅう》』の歌にも詠まれている。

『人魂の　さ青《を》なる君が　ただひとり　逢へりし雨夜の　葉非左し思ほゆ』

古来、人魂は青かったのだ。

美世は、その『人魂』が見えた場所に視線を移す。

そこには、男の子と、それを悲痛な顔で抱き寄せている三〇代ほどの女性が居た。

男のことを「おとっちゃん」と呼んでいた男の子。呆然《ぼうぜん》と、気の抜けたように空中を見つめたまま、動けないでいる。

父親が燃え上がり、死ぬ様を、目の前で見てしまったのだ。彼がどんな心情でいるのか、どんな声を掛ければいいのか、美世には解らない。

「大丈夫だよ。お前はどこも怪我してないね。おお怖かったね……」

男の子を抱きかかえている女性が、矢継ぎ早に声を掛けていた。母親だろうか、男の子の全身をまさぐるようにして、怪我がないことを確かめているようだった。

そのとき、男の子の手から何かが落ちた。

地面を転がり、光ったように見える。それは、石だった。白と鼠色のまだら模様をした、やや光沢のある石。それが太陽の光を受けて光ったようだった。

普通の石よりも綺麗だった。男の子は、そういうものを拾って遊ぶのが好きらしい。

恐らく、この子もそうだったのだろう。

そう思っていると、すぐに女性が石を拾い上げ、そして自分の懐にしまった。

「大丈夫だよ。お前はどこも悪くないよ。まったく悪くないからね」

女性が、言い諭すように繰り返す。

その声を、男の子は、虚ろな瞳のまま聞いているだけだった。

四

押上地区の名主から、「今回の件は、本所改・真淵求馬が取り調べるように」と言われたため、求馬がこのまま本件を担当することになった。

というのも、今日の本所押上は、閻魔参りに藪入りにお盆にと、至る所に人が溢れる中、その至る所で騒ぎが起こってしまっていたのだ。

やれ水路に落ちただの、やれ喧嘩だの、やれ火事が起きているだの。

挙句の果てには、刃傷《にんじょう》沙汰で死者まで出てしまっているという。

「そもそもお主らは、事件を目の当たりにしたのだろう。ならば誰よりも適任だ」

と言われてしまえば、美世も求馬も頷くしかない。

むしろ、「人魂」だなどと言われてもいるこの事件、他の者に任せるわけにはいかない。自分たちなら、それを解決できるはずだ。

何はともあれ、こうして捜査の権限は与えられた。

と同時に、もし失敗をしてしまったときの責任も、しっかりと与えられている。

本所改の権限で捜査することになった以上は、こちらに都合の良いように進めさせてもらうことにした。

美世と求馬は、まずは、検視ができて信頼のおける医者を呼ぶ。もちろん蘭太だ。

求馬の名前を出して、急ぎ蘭太の家に使いを送ると、その間に、現場での調査と聞き込みを進めていく。

また、もし逃げようとする怪しい人が居たとしても、そういう人間には猫や犬や鳥たちが尾行するようにお願いしてある。動物たちを取りまとめてくれている詠の話では、今のところ、そういう人間は居なかったらしい。

亡くなった男は誰なのか、知っている者は居ないか。

周りの者に尋ねると、おとよという女性が名乗り出た。それは、先ほど亡くなった男と会話していた女性、そして事件直後には男の子を抱きかかえていた女性でもある。

おとよは、亡くなった男の住む長屋の、真向いに住んでいるという。

「家族ではないんですね」と思わず聞いてしまった美世に、おとよは困ったように、「家族みたいに過ごしていたとは思うんだけどね」と自嘲気味に言った。

そして滔々《とうとう》と、亡くなった男について話してくれた。

亡くなったのは、現場近くの長屋に住む真吉《しんきち》という男性。三四歳で、幸吉《こうきち》という七歳の息子がいる。真吉が炎に包まれた直後、駆け寄ろうとしていた男の子だ。

幸吉は、先ほどまで喉が裂けてしまいそうなほどの声で泣きじゃくっていたが、今は疲れ果てたように眠っている。

真吉の妻――幸吉の母は、お玉《たま》といった。二年前に病気で亡くなってしまい、以来、父子二人暮らしになっていたという。

おとよは、生前のお玉と同い年だったこともあって、すぐに意気投合し、真吉や幸吉も含めて、まるで親戚のように暮らしてきた……そのはずだと、おとよは言った。

付き合いも誰より長く、幸吉が生まれたときにも共に喜んだという。

亡くなった真吉は、かつては大工として働いていたが、二年前に現場で足を怪我してしまい、それ以降は、手先の器用さを活かして、細工の内職を始めたのだという。

「怪我の功名って言っていいのかどうか解らないけど、真吉は、細工の才能があったんだよ。大工仕込みの木彫りはもちろん、金物細工も綺麗でね、大店に向けて大量に卸したりして、大工のときよりも稼げていたと思うよ」

それは、まさに怪我の功名と言えるような話だった。それなのに、おとよの顔はずっと苦々しく、声も重い。

「真吉の怪我は、本当に不幸でねぇ――」

眉根を寄せて哀しそうに、声を震わせておとよは話す。

「深川の現場で屋根から落っこちて、その怪我で家には帰れなくなってたらしいんだけど、ちょうどその日、留守番をしていたお玉が血を吐いちゃってね。血まみれの幸吉がうちに来たときは、本当に魂消《たまげ》たよ。あたしは自分のかかってる医者をすぐ呼んでさぁ。でも、長屋暮らしが呼べる医者なんて、たかが知れてるんだよ――」

おとよは嘆息して、上を見つめながら言う。

「あのときのあたしらは、真吉がどこにいるのかも解らないまま、誰も呼びに行くことすらできなくてねぇ。お玉も、最期に会いたかったと思うよ。それを思うと不憫《ふびん》で不憫で。それで真吉の奴もさ、日が明けてから足を引きずってようやく帰ってきたら、お玉が亡くなっちまってたんだもの。あのときの真吉は、しばらく呆然としてたと思ったら、ふいに獣のように泣き叫んでね。もうこっちまで苦しくなるくらいにさぁ」

そのときのことを思い出したのか、おとよはスンと鼻を鳴らして、目元を荒々しく袖で拭っていた。

つい美世の目頭も熱くなる。だが、こういうときこそ、美世たちは冷静でいなければならない。この仕事をこなし、事件の真相を解き明かすことこそ、幸吉たちのためになると信じて。

「今回、真吉さんが亡くなったとき、あなたたちは近くに居たと思うのですが、その様子を話していただけますか。お辛いでしょうから、無理はしないように」

求馬が優しげに声を掛ける。

「それじゃあ、もう少し、待ってもらえないかね？　あたしも、少し気分を落ち着けたいんだよ」

おとよはそう呟いて、視線を幸吉に送っていた。

求馬は静かに頷くと、ひとまず彼女たちのことはそうっとしておくことにした。

「一つだけ――」求馬がふと気付いて、おとよに聞いた。「真吉さんの親族は、誰か近くに居ないだろうか。幸吉《こう》のことも考えないといけないだろう」

「それなら、お玉の姉のお香さんが向島に居るくらいかねぇ。お玉が亡くなった後も、ちょくちょく真吉の所に顔を出していたみたいだし。ただ真吉の方は、兄弟もいないし、その身一つで江戸に出てきて、親とも縁が切れてるって話だったはずだ」

その話を聞いて、求馬はお香を呼んでくるよう、使いを出した。

こうなると、幸吉はお香が引き取ることになるのだろうか。かといって、血が繋がっているからというだけで子供を引き取るようなことにはならない。

両親を失ってしまった子供。

美世は、どうしても情が移ってしまいそうだった。


おとよたちといったん別れて、美世たちは目撃証言を集めていく。

事件の瞬間を目撃した者は、幸か不幸か、たくさん居た。あの光景を見てしまった人が、三〇人ほども居たのだ。

ただ、その誰もが「不思議なことが起こった」とか「訳がわからない」としか言えないような有様だった。とりあえず、見たまま感じたままを話してもらう。

「いきなりだったよ。目の前を歩いてた男の頭の上に、人魂みたいなのがぽぉーっと浮かんでな。そんで、男がそれを振り返ってきたと思ったら、いきなり燃えちまったのさ。俺が見た限りじゃあ、隣にいた女と子供以外は、誰も近付いちゃいなかったけどなぁ。本当にいきなりだったよ」

「ありゃ人魂だよ。あの世の炎を纏った人間の魂さ。奴《やっこ》さん、相当恨まれてたんじゃあないの？　人魂が出る前に、俺の隣を通り過ぎてったんだけどよ、酒やらつまみやらの匂いをプンプンさせてさぁ。昼間っから酒飲んでるような奴は、碌《ろく》なもんじゃやねぇと思うけどね」

　この証言に関して、求馬も気になっていたことがあるらしい。

「確かに、彼に抱きついた瞬間、妙な匂いが鼻を突いてきた。酒の匂いと、それだけではない、何かを焼いたような匂いがした」

「でも、今日はお盆と閻魔参りと藪入りが一緒に来てる日だもの。昼間から飲んでいる大人はどこにでも居るでしょう」

「まぁ、それはそうなのだがな」

　求馬は、どこか煮え切らない様子で、眉間に深くしわを寄せていた。


　周囲での聞き込みをしている間に、蘭太が現場に着いた。

　思っていたよりも早い。よほど駕籠屋を急がせてきたのだろう。そのせいで、着いた途端、蘭太は挨拶もせず大横川に向かって嘔吐していた。

「だ、大丈夫ですか？」

　美世と求馬も慌てて駆け寄って、背中をさすったりして介抱する。

　周囲からも、「この医者は大丈夫なのか？」と、別の意味でも心配されていた。

　ただ、仕事に関しては心配無用。蘭太はフラフラしながら立ち上がると、視線が一変して鋭くなり、遺体を確認し始めた。

大横川の河川敷に、仰向けになって寝かされている、真吉の遺体。

美世たちが取り調べをしている間、正七《せいしち》という若者が、真吉の遺体を見守っていた。

正七は、この角にある番所に詰めていた番人だ。

八百八町の江戸の町、その治安を維持するべく、万年人手不足の奉行所を補うのは、彼らのような町民自身による自警組織の役目だった。

「誰も死体には近付けず、怪しいことをしている者もおりませんでした」

正七が報告した。その隣では、詠も大きく頷いている。現状では誰が何をしたのかすら解らないので、念のため、詠にも見てもらっていたのだ。

ここにいる人間の、誰も信用できない以上、信頼できる妖怪に頼るしかない。

遺体に近付くだけで、異様な臭いが鼻を突いてきた。美世は少し気分が悪くなる。だが、蘭太は気にする素振りもなく、淡々と遺体に目鼻を近付けて入念に調べていた。

「上半身が、特に激しく燃えている。元は紺色の小袖だろうが、今は炭化して黒くなり、原形を留《とど》めていない。残りの欠片《かけら》も、遺体の肌に貼り付いている……」

すると蘭太は、小袖の燃えかすに顔を近付けて、目を凝らしていた。そして、わずかながら燃え残っていた部分の布を慎重に剝がした。

そこには、布とは違う物の欠片が付いていた。

「これは、おがくずの燃えかすか。この小袖に相当くっついていたのかもしれない」

　美世と求馬も、蘭太のつまんでいる物を注視する。

「真吉さんは、元は大工でしたが怪我をしてしまって、今は様々な内職や細工をやっていたそうです。だから、木を削ったくずが小袖に付いていたのかもしれません」

「ああ。細工師は、知らず知らずのうちに、材料を細かく削ったくずが着物に付いているると聞く。なまじ引っ掛かりやすい物だから、手で払うくらいでは落ちないし、内側に入り込むこともあるそうだ」

「確か、木のくずって燃えやすいですよね。木のくずを山のように積んでいたら、そこから勝手に火が出た、という話を知っています」

　というのも、美世は以前、狐《きつね》や天狗《てんぐ》たちに相談をされたことがあったのだ。

「山で火が出たのを、俺たちの仕業にされているんです」と、はるばる八王子宿《はちおうじしゅく》よりさらに山の奥——高尾《たかお》から、この本所深川まで訴えに来た。

　そのときも、人間が近くにはおらず、突然勝手に燃え出したという話だった。

　だからこそ、人間の住民たちは「妖怪の仕業だ」と騒ぎ立てたのだ。高尾山に棲む天狗や狐が火を放ったのだろう、と。

　だが調べてみると、それは妖怪の仕業などではなかった。

　本当に、勝手に燃え出してしまうのだ。

　その理由は解らないけれど、大量のおがくずを放置しておくと、そのおがくずの山の内側が熱くなってきて、やがて煙を発して、炎も出すのだ。

妖怪も人間も動物も、何もしていない状態――ただ放置していただけで。

その中で、誰のせいなのかと言うのならば、それは間違いなく、おがくずを無造作に積み上げて放置した、人間の仕業なのだ。

「その話は、私も書物で読んだことがある」蘭太が頷いた。「おがくずや金属くずなどを大量に積んだまま放置しておくと、内部が異様に高温になり、やがてふいに燃え上がることがあるのだと。もちろんそれは、妖怪などというモノの仕業ではない」

最後こそ少し小馬鹿にしたような言い振りだったが、内容だけ見れば、美世が知っているものと同じ話だった。

「ということは、今回もそれが原因か？」

求馬の問いに、美世も蘭太も、首を横に振る。

「おがくずから火が出るには、それこそ兄さんでも抱えられないほど大量に積まないといけないし、それに、すごく時間が掛かってしまうのよ。この服に付いているような量じゃあ、勝手に燃えたりはしないはず」

そもそも、真吉が燃え上がった瞬間を見たときには、おがくずの存在にすら気付かなかったのだ。その程度の量では、勝手に燃え上がるなんてありえない。

そこに蘭太が補足する。

「もっとも、おがくずが付いていたせいで、普通の服よりも燃えやすくなっていた、とは言えるだろう。他にも、糸がほつれていたり玉になっていたりすれば、そこから火が付きやすくなっていただろう」

その辺りは、生前の真吉を知る者に話を聞く必要がある。美世たちが見たのはほんの一瞬で、そのときには既に真吉は燃え上がってしまっていたのだから。

「燃えやすくなると言うなら、たとえば服に酒なんかを浸み込ませていれば、さらに燃えやすくなるな」

そんな求馬の言葉に、美世も蘭太も表情が険しくなった。

燃えやすい服を着ていた原因が、ただのずぼらではなく、もし誰かの手によって燃えやすいようにされていたのなら、それは故意の殺しである疑いが強まる。

ただ、それはあくまで燃えやすくなったというだけであって、そのまま勝手に燃え始めることと同じではない。そこは求馬も解っているのだろう。

「服に酒や油が浸み込んでいたら、勝手に火が出ることはあり得るか？」

求馬が聞くと、蘭太は首を曖昧に振った。

「油だったら、無くはない。だが、特定の条件が揃っている場所で、相応の時間が必要になる。……ベトベトになるほどの油に浸されていれば、あるいは」

「つまり、今回の件では、ありえないのだな」

酒の匂いはあるらしいが、油について、そんなベトベトになるような状況でなかったことは、美世も他の目撃者に確かめている。

「油って言うなら――」

ふと、詠が美世の足下に歩み寄りながら、声を掛けてきた。

「かすかだが、魚油の匂いが残っているな」

美世は、足元の詠に手を伸ばすふりをしてしゃがみ、「本当？」と小声で聞いた。

「ああ本当だ。俺が魚油の匂いを嗅ぎ逃すわけがねぇ」

それもそうだ。

猫又といえば、人が行灯に使っている魚油を舐める姿が印象的だ。台の上にある行灯の油を舐めるため、猫は二本足で立つ。

その姿を「妖怪と誤解した」と言って、妖怪の存在を否定する人も居るけれど、本当は、このときだけ「妖怪としての正体を見せてしまう」のだ。

いつも詠が「食欲には勝てねぇ」と言っているように、ついうっかり正体を見せてしまうのだ。

ただ、どんな状態の魚油でも、食欲に勝てず舐めようとしてしまう詠が、今回は、魚油の匂いの残った服に見向きもしていなかったのは不思議だった。

さすがに、今の状況を見て、詠も自制してくれているのだろう。

美世は、詠の話を求馬にだけ伝える。「兄さんが気付いたことにして、蘭太さんにも教えてあげて」

「解った。となると、酒に交じっていた変な臭いは、魚油の焼けた臭いだったのか」

そんな求馬のひそひそ声は、まったくひっそりしておらず、蘭太にまで届いていた。

「魚油の匂い？　どういうことだ？」

「え？　あ、ああ」求馬はあからさまに困惑しながら、誤魔化そうとする。「この服の切れ端から、魚油の匂いがしているんだ。服に油が付いていたのは間違いない」

「そうか？」蘭太は改めて切れ端の匂いを嗅いでいた。「私には解らないが、求馬なら解るのか」

「ああ、もちろんだ！」

求馬は力強く頷いた。

蘭太は怪訝そうにしていたが、「まぁ求馬ならあり得るか」と納得し、それを踏まえて話を進めた。

「服には、酒だけでなく油も付いていた。これだけで服から火が出るわけではないが、燃えやすくなっていたのは間違いない。たとえば、送り火の火の粉が飛んできたとか、灸《きゅう》を据えるとかいうだけでも燃えるような状態だったかもしれない」

「ということは――」美世が身を乗り出すように聞く。「その火種を見つけられれば、この事件は、人魂の仕業じゃあないということになりますね？」

「ああ。そうだな」

「なるほど。解りました」

美世は力強く頷いた。

絶対に火種になった物を見つけてみせる。今回ばかりは、もう誰にも「妖怪のせい」だなんて言わせない。結局のところ、火種さえ見つけられればそれで済む話——「人間のせい」だと決まったようなものなのだ。いたって普通の事件として、証拠を見つければいいだけなのだ。

……この事件は、人魂の仕業なんかじゃあない。

美世は心の中で、何度もそう断言する。

今回のことだけじゃない。人魂の仕業だということ自体が、ありえないのだと。

もし、この世に人魂の仕業があるのだとしたら、可笑しなことがあるのだから。

もし本当に魂があるのなら——

この世をさまようことができるのなら——

……どうして母さんは、一度も会いに来てくれないの？

そう叫びたくなる唇を、美世は、精一杯嚙みしめて塞ぐ。

「お美世。今回の件、何やら気負いすぎてはいないか？」

「そんなことないわ」

美世は即答してみせる。

それなのに、求馬はなぜか不安げな様子だった。

五

真吉の焼死事件を調べ始めて、一刻。

様子を窺《うかが》うのを兼ねて、美世たちは幸吉の所へ向かった。

主の居なくなった真吉の部屋。入口を開けるとすぐに木の匂いが漂ってくる。

足元の土間には、土が見えなくなるほど木の削りくずが散乱していた。また、部屋の四方八方には、木の板やら棒やらが積まれていたり、吊るされていたりする。その幾つかには、花や鳥などの細かい意匠が彫り込まれていた。

素人の美世が見ても、どれも細かく綺麗だと思った。これらを店で見かけたら、確かに欲しくなるだろう。

そんな部屋の中で、幸吉は横になっていた。その枕元には、おとよが座っている。

部屋の奥には、位牌と、申し訳程度の小さな精霊棚《しょうりょうだな》。

今日はお盆の最終日。母親の霊は、ここに居るのだろうか……見ていたのだろうか。

ふとそんなことを考えてしまい、美世は強めに頭を振って切り替えた。

「どうだろう。話はできそうだろうか？」

求馬は、幸吉と目線を合わせるように覗き込んで、優しい声で語りかける。

すると、幸吉は困ったようにおとよを見上げ、そして首を横に振った。

まだ話せないか。と思っていると、どうも様子が違う。

「そのぅ、実は幸吉は、口をきけなくなってしまったようなんです……」

溜息交じりに声を震わせて、おとよが言った。

「口がきけない、というのは？」

「その、声が出せなくなってしまったみたいで」

おとよの言葉に、美世たちは一斉に幸吉を見やっていた。

幸吉はさらに困ったように、怯えたように、小さく頷いた。

「文字は書けないか」と求馬が念のため聞いたが、幸吉は首を横に振り、おとよも「無理です」と答えた。

頭の動きで、簡単な返事ならできそうではあるが。

そんな幸吉の様子を、まず蘭太が診た。

「恐怖や混乱などで、一時的に言葉が喋れなくなることがある。特に子供は、考えることが多すぎるだけでも重荷になる。あまり無理をさせてはいけない。この子は、ずっと震えている」

蘭太の言う通り、幸吉は布団の中でずっと小刻みに震え続けていた。

ふと見ると、幸吉の枕元には、一つの人形が置かれていた。いびつな形の木綿の顔に、余った布を巻いただけのような人形。それは明らかに、職人ではない素人の手によって——少し不器用な者によって作られたものだった。

改めて、幸吉には横になってもらったまま、おとよだけに家のすぐ外まで出てもらい、そこで話をすることにした。幸吉の耳には入れたくないこともある。

「真吉が、燃えて亡くなってしまった件について、あなたの見たこと知ったことを話してもらいたい」

まだ事故とも自殺とも他殺とも解らない本件について、求馬は言葉を選んでいた。

美世が見た限りでは、真吉が燃え上がった瞬間、もっとも近くに居たのは、おとよと幸吉だった。他の目撃者も同様のことを言っていた。

幸吉が話せない状態だという以上、おとよの供述は非常に重要だ。

おとよは、何度も深呼吸をしながら、ゆっくり話した。

「ここの部屋を出て、本当にすぐのことだったよ。最初は、真吉が『暑い！』なんて叫ぶもんだから、幸吉をからかってるんだと思っていたのさ。いくら夏だからって、そこまで暑くないだろって。だから、笑いながら真吉を振り返って、そうしたら、いきなり、顔が炎に包まれてて」

　何度も言葉に詰まるおとよ。よく見ると、小刻みに震えてもいる。

「落ち着いて。無理に話さなくてもよい」

「無理は、してないよ」おとよは声を震わせながら言う。「何が起こったのか、本当によく解らないんだよ。一番近くに居たのはあたしだし、隣には幸吉が居ただけで、他には誰も、真吉に近付いてもいなくて……」

「では、そのときあなたたちが何を持ち歩いていたか、話してもらえるか？」

　求馬の問いに、おとよは目を大きく見開いた。

「あたしを、疑っているのかい？」

「もちろんだ」求馬は即答する。「私は、事件が起きたときには常に、すべてを疑うようにしている。この世で起こり得ることだけでなく、およそ起こりえないようなことまで、すべてを疑っているのだ。そうしなければ、この世で起きる事件の真相を突き止めることなどできない」

　この台詞は、「人間の仕業」だけではなく「妖怪の仕業」についてまで考慮している、本所改与力としての本音なのだろう。

　そんな求馬の言葉に納得したのか、それとも呆れたのか、おとよは溜息を一つ吐いてから、話した。

「あたしは、この財布くらいしか、袖に入れていないよ——」
おとよはそう言いながら、布袋の紐《ひも》を解《ほど》いて中身を見せてきた。数十銭ほど入って
いるだけで、銭以外には何も入っていなかった。
「幸吉は、特に何も持っては……」そう言いかけて、おとよは何かに気付いたようだ
った。「いや、いつも欠かさず、人形を持ち歩いてはいるけれど」
「人形というのは、先ほど枕元に置かれていた？」
「ああ、それさね。あの人形は、幸吉のおっかさん——お玉が作ってくれた、形見の
人形なのさ。思い起こしてみりゃあ、お玉が亡くなっちまう直前だった。それを作っ
てもらった幸吉も大喜びでね。うちにまで見せに来てくれたんだよ」
そう嬉しそうに話すおとよ。だが、ふいにその表情が翳《かげ》る。
「お玉が亡くなったときに、ちょいと血が付いちまってね。今は布切れの服で隠して
あるけどさ。だからか、ふとしたときに、あの人形にゃあお玉の魂が宿ってるんじゃ
ないかって、そう思うときがあるのさ」
おとよは、どこか困ったように微笑んでいた。
美世も求馬も、反応に窮して何も言えなかった。
こうして話を聞いていると、おとよは、真吉幸吉父子の事情にとても詳しかった。

お陰で美世たちも、真吉たちの家庭の事情をよく知ることができた。

本当に、生前は親しくしていたのだろう。それこそ家族同然のように。

ただ、おとよの話がすべて本当だと判断できるかどうかは、難しかった。

もし、おとよの言うことが事実なら、今回の件、真吉が自分で火を付けたということも考えないといけなくなる。以前の両国橋で起きた『窮奇』事件のように。

もっとも、今回は、『窮奇』事件とまったく違う点もある。

たとえ自分で火を付けたとしても、そもそも、火を付ける手段が見当たらないのだ。

誰が火を付けたのかにかかわらず、どうやって火を付けたのかという問題が、立ちはだかっていた。


ふと、遠くから「真淵どの」と求馬を呼ぶ声がした。

向島に出していた使いが、戻ってきた。

その隣には、細身の女性が並んで立っている。真夏の太陽の下、顔が青ざめているのが遠目からも解った。

「お香だな？」

求馬が確認すると、それに答えることなく求馬に詰め寄っていた。

「し、真吉さんが、火を付けられて殺されてしまったというのは、本当ですか？」

「どうか落ち着いて――」

求馬は片手で制するように、お香を押し留めていた。

「まだ殺されたと決まったわけじゃあない。とりあえず落ち着いてもらおうか」

繰り返すように言うと、お香を優しく押し返して、距離を取った。

ふと、美世は今の話で引っ掛かるところがあった。

「あの、お香さん。どうして、真吉さんが『殺された』と思ったんですか？　私たちですら、真吉さんが殺されたのか自殺なのか、それどころか事故かもしれないと考えているところなのですけど」

「えっ？」

「どうしてあなたは、殺しだと思ったんですか？」

「そ、それは……」

お香は目を見開いて、困惑したように、一緒に来た使いを見やった。

すると、使いの男は、ばつが悪そうに頭を掻いて言った。

「あの、いや、すみません！　てっきり殺されたんだとばかり思って、俺がつい『殺された』って伝えちまったんでさぁ。『あんたの親戚の真吉っつう男が殺されちまったんだ。お役人さんが呼んでるから、早く来てくれ』って……。それで、誤解させちまったみたいで」

「あぁ、なるほど」

美世は独り言のように呟いて、さりげなく一歩下がった。

美世は、お香の発言の矛盾を突いたつもりだった。だけどそれは、どうやら美世の勇み足だったようだ。お陰で、少し気まずくなってしまった。

すると、おとよがお香に話し掛けた。

「いつもお世話になってるね。今回は、こんなことになっちゃって、お悔やみ申し上げます」

「おとよさんこそ、家族同然に暮らしていたじゃあないですか。お悔やみ申し上げます」

互いにお悔やみを申し上げ合うと、二人とも視線を落として、「どうしてこんなことに」「ええ、本当に」と、絞り出すような小さな声を漏らしていた。

「おとよさんは、お香さんとも交流があるんですね」

「ああ。長屋が一緒じゃない分、付き合いは多くないけどね。とはいえ、別の繋がりもあるから何とも言えないけど」

「別の繋がりというのは？」

「お香さんはね、よく効く猫不要を売ってくれるのさ」

「猫不要って、殺鼠剤のですか？」

「そうさ。他の所じゃあ粗悪品を売りつけてくるのに、お香さんはちゃんとしたものしか売らないから、有難いのさ。前に聞いた話だと、猫不要を仕入れた後に、わざわざ良質なものと粗悪品とを分けて、良質なものだけ売ってくれてるんだってさ。特にここ数ヶ月は、暑くなってきたからか、ウチん所に鼠がよく出てたもんでねぇ」

おとよは、苦々しい顔で自分の部屋を見つめながら、言い捨てた。

「あの、それは、すみませんでした。きっと私のせいです」

「お香さんのせい？　どういうことだい？」

「実は、真吉さんの所にも、良い猫不要を渡していたんです。だからそのせいで、お向かいさんに鼠が逃げ出してしまったんでしょう」

「あぁ、そういうことだったんだね」

二人の会話を聞いて、美世は、前に旧鼠の次郎吉が話していたことを思い出した。

猫不要から逃げ出す鼠たちは、その部屋だけでなく、建物自体から逃げ出すのだと。まさに次郎吉の言った通りのことが起こっている。

そのお陰で、本来の意図とは違うところで、鼠の被害に遭わないという効果を裏付けている。鼠を殺さずに済む、という意味では良いことなのかもしれないけれど、別の所に移動しているだけなので、人間からしたら余計に酷いことにもなりかねない。

「真吉さんは、木工細工の仕事もされていたでしょう？　猫不要がなければ、仕事にならないでしょうから」

「ああ、せっかくの細工が鼠に齧《かじ》られちゃあ、堪ったもんじゃないものねぇ。それに、真吉は服もあまり持ってないから、いっそう鼠に齧られないようにしてたんだろうね。下手すりゃ、自分の服に猫不要を塗りたくってたりしてね」

「それは、鼠には食べられないでしょうけど、別の危険があるような……」

「まったくだ。さすがに真吉もそこまで馬鹿じゃあなかったと思うけどね」

そんな二人の会話を聞いて、「そういうわけか」と美世は一人で得心していた。

いつも食欲に負け続けて、好物とあらば飛び付いているあの詠が、どうして魚油の匂いのする小袖の切れ端にまったく反応しなかったのか。

それは、気配りや自粛という感情が詠にあったというわけでは決してなく、ただ単純に、猫不要が付けられているせいで、舐めたら死ぬと思っていたから舐めなかった、というだけだったのだろう。

猫が要らなくなるほど鼠を殺してくれる、猫不要。それは、当然というのも何だけど、猫が舐めたら猫も死んでしまうような代物だ。

たとえ妖怪の猫又といえども、猫の肉体は存在しているので、それが死んでしまうと面倒なことになってしまう。

具体的には、死んだ身体のまま動き続けることになるのだ。

そうなってしまうと、さすがの詠も、昼間に動き回れなくなる。これは、気まぐれに外を出歩く猫にとっては、まさに死活問題なのだ。

「ほら、真吉の奴は、よく服に物をこぼしてたじゃないか。お酒とか肴とか。それで、お酒臭くなったり、何か生臭くなってたりもして、それが獣には美味しそうだったんだろうね。しょっちゅう鼠やら猫やらにも服を食いちぎられていたっけ――」

懐かしむように語るおとよ。口は微笑もうとしているけれど、目は泣いていた。

「かといって、真吉には、新しく服を買うようなお金もなかったみたいでね。ボロボロで、毛羽立っててさ」

「ええ。それで、親戚の私が猫不要を渡していたんです。金は要らないよって」

二人の話を聞いていて、美世はもう一つ得心した。

真吉の服に魚油が浸み込んでいた理由は、単純な話だった。真吉が物をこぼしがちだったのだ。誰かが意図的に、服に浸み込ませていたわけではないのだ。

とはいえ、服に油やら酒やらが浸み込んでいたことには変わりない。

つまり、火種さえあれば容易く燃えてしまう状態だったということにも変わりがない。

何か火種があれば――それを誰が持っていたのか解れば――この事件は解決するはずだ。

「では、お香よ。少し確認したいことがあるので、答えていただきたい」

話の切りが良いところで、様子を窺っていた求馬が、お香の聴取を始めた。

一方で、美世は、おとよに話を聞くことにした。こうして二人で分担して、必要とあらば後で合わせるのだ。

「おとよさん、幾つか質問をさせてください。もちろん、無理にお答えいただかなくて大丈夫ですので」

「ううん。できる限りは答えさせてもらうよ。何が聞きたいんだい？」

おとよは、どこか引き攣ったような笑みを浮かべた。

「真吉さんの周りで、何か火種になってしまうようなものがなかったかどうか、お聞きしたいんです。真吉さんは、タバコは吸われていましたか？」

「いいや。まったく吸わなかったね」

「料理はしていましたか？」

「してなかった、ていうか、できなかったんじゃないかね。あの家の竈《かまど》には、ほとんど火が入ってなかったはずだから」

「なるほど」

「というか、真吉の部屋は細工の木や削りくずで溢れ返ってるからね。あの部屋で火を使おうっていう気も起きなかったんじゃないかねぇ」

言われてみれば、その通りだった。

となると、何か別の火種を考えていく必要がありそうだ。

そこで美世は、目に付く『火』をすべて検討してみることにした。

今日はお盆。この日に焚かれる送り火から火の粉が飛んだということも考えられそうだが、それはなさそうだ。まだ昼間。近くでは一つも焚かれていない。

線香はどうだろうか。細いから隠し持つことができるし、場合によってはすぐに粉砕して土に紛れ込ませることもできる。だが、線香に火を付けて持ち歩いたら、独特の匂いが漂うだろうが、人間も妖怪もそんな匂いは嗅いでいない。お灸も同様だ。

花火を投げるのはどうだろう。これも線香と同様に、火薬の匂いが漂うはずだが、そんな匂いは誰も嗅いでいない。また、花火の残骸もなかった。

なら、太陽を使うことはできないだろうか？

これだけ暑いのだから、何か工夫すれば、物を焼くことができるかもしれない。そんなことができるのか、美世はまったく思い付かないけれど、蘭太だったら知っているかもしれない。そう思って聞いてみた。

「太陽の光を使って、物を燃やすことは、可能だ――」

蘭太はそう答えると、これ見よがしに自分の眼鏡を外した。

「この眼鏡を使う」

「ど、どういうことでしょう？　眼鏡を使うと太陽が大きくなる、とか？」

「そうはならない。眼鏡にはビードロが使われているが、その中央は膨らんでいる。このような形のビードロを使うと、太陽の光を一点に集中させることができる——」

説明をしながら、蘭太は太陽を背にしてしゃがみ、眼鏡を掲げた。すると、眼鏡越しに、光がいっそう強く、明るくなっている点が地面に現れた。

蘭太は続けて、その光の点が作られている場所に、そこらに落ちていた藁《わら》を置いた。

しばらくすると、光の当たった藁が黒ずんできて、わずかに煙を上げ始めた。

「このままずっと光を当て続ければ、やがて火が出る。それほど、この光の点は熱くなっている」

話している間にも、光を当てられた藁からいっそう多くの煙が出ていた。

この手段を使えば、物を燃やすことができる上に、眼鏡を手に持っているだけなので怪しまれずに済む。

……とはいえ、高級品の眼鏡を持っている人自体が、圧倒的に少ないけれど。

それに、美世にはもう一つ、気になることがあった。

「やがて火が出るというのは、だいたいどれくらい掛かるのでしょう？」

「半刻ほどだ」

「それは、無理ですね」

半刻もの時間、眼鏡を外して光の点を当て続けるのは、あまりに難しい。何より、そんなことをしていたら怪しまれるに決まっている。

そんな人が真吉の周りに居たのなら、誰かしらは気付いたはずだ。だけど、そんな証言はない。

そもそも、およよの話では、真吉は部屋を出てすぐに発火していたという。つまり、しばらく時間が掛かるこの方法では、無理だ。

別の方法を考える必要がある。もっと一瞬で火が付くような方法を。

そう考えあぐねて地面を見つめていると、ふと、路傍の石が目に付いた。

……そういえば、あのとき、幸吉くんの手から石が落ちていた。それをおとよさんがすぐに拾っていたけれど。

そのとき、美世の中で、石と火種という言葉が繋がった。

あれは、『火打石』だったのではないか。

酒や油を吸っていた服に火打石の火花を当てれば、一瞬で火を付けることができる。

幸吉が火打石を落とし、そしてそれを、おとよが慌てて拾い上げていた、ということになるならば、この事件の真相は。

「兄さん。ちょっと、話したいことがあるの」

ちょうどお香への質問を終えていた求馬を、美世は別の場所に連れ出して、自分の考察を話して聞かせた。

求馬は何度も頷きながら話を聞き、やがて美世の説明が終わると、一つ大きく頷いて、おとよへと歩み寄っていった。

「ちょっと詳しく聞きたいことがある。あなたの部屋で話をしても、いいだろうか」

求馬の言葉に、おとよは大きく深呼吸をして、それから小さく頷いた。


「幸吉は、火打石を持っていたようだが、相違ないか？」

「間違い、ないよ」

おとよは、言葉に詰まりながらも、そう認めた。

「なぜ、火打石を持っていた？」

「みんなやっていることじゃあないか。家族の出掛けに火打石を打って、その日の安全を祈願していたんだよ――」

それは、江戸の町民の間でもよく見られる風習だった。

魔除《まよ》けや妖怪除けという意味もあるらしい。もっとも、妖怪除けについての効果はないようだけど。

「真吉が仕事で怪我をしてから、ずっと心配だったみたいでさ、幸吉はいつもやりたがるんだよ。二年前はまだ下手だったけど、最近は板についてきたみたいでさ」

おとよは、ふと笑みを浮かべそうになって、でもすぐに泣きそうな顔になっていた。

この話が本当なら、なんていいたたまれない事件なのか。

幸吉が、厄除けのために火打石を打ったら、その火花が服に引火して、真吉が燃え死んでしまった。

あのとき「どこも悪くない。悪くない」という、おとよが幸吉に言い聞かせていた言葉の意味も、変わってくる。

「下手なことを話さないよう、幸吉には、決して声を出しちゃあいけないよって言い聞かせておいたんだけど」

「本当は話せるのか」

「話せるよ。だけど、どうか、話させないでおくれよ」

このことを、幸吉は理解しているのだろうか？

自分の行為が、実の父親を殺してしまっただなんて……。

これを、幼い子供の仕業としていいのだろうか。

いっそ、「妖怪の仕業だった」と言ってしまった方が……。

美世は、いくら考えても、答えを出すことができなかった。

この事件、これで一件落着と言えるのだろうか。

「火打石は、川の中にこっそり投げ捨てたんだ。このまま幸吉が持っていたら、怪しまれると思って。……あんたたちが他の人に話を聞いている隙にね」

おとよは素直に白状した。

川の中に石を投げ捨てた――普通ならば発見するのは不可能だろうが、美世たちに掛かれば何も難しいことはない。

間もなく、目的の物は発見できた――大横川の河童たちのお陰で。

とはいえ、これほどすぐに「見つけました」なんて言ったら絶対に怪しまれる。

そこでまずは、美世と妖怪たちだけで詳しく調べることにした。

見つけたのは、あのとき美世が見た石と同じ物だった。それは間違いない。

そしてもう一つ、石と対になる火打金も見つけていた。とはいえ、こちらは鉄製だったので、鉄が苦手な河童たちは触れなかった。そこで、河童たちには場所だけ教えてもらって、詠が拾い上げていた。

「この、火打石と火打金を打ち付けて、火花が飛んでしまった。それが、燃えやすくなっていた真吉さんの小袖に降りかかってしまったのね」

美世は、やるせない思いで、この石と鉄を見つめていた。

「ちょっと待って――」

ふいに花咲夜が声を上げた。

「その石は、本当に火打石かしら?」

「どういうこと? これは確かに、私が見た石と同じはずだけど」

「そこに疑問を持ったわけではないわ。そもそも火打石は、石なら何でもいいわけではないの。たとえばビードロを作るための石英が含まれているような、決まった種類の石じゃないと、火花は出ないのよ」

「試してみましょう」

美世は即断すると、すぐにこの石と鉄を打ち付けた。

甲高い音が響く。だが、火花はまったく生じていない。

二度、三度、繰り返しても結果は同じだった。

「これは、火打石じゃあないわ」

美世は、困惑しながらも、そう断言した。そうとしか言いようがない。

見た目こそ綺麗ではあるが、ただの石でしかない。こんな石では、何に打ち付けたところで、火花は出ない。

この事実を、求馬たちにも告げる。あまりに早く石を見つけたことに、蘭太とおとよとお香は驚いていたが、そんなことに構っている場合ではない。

おとよも、そして幸吉も、勘違いをしているのだから。すぐにその勘違いを正さなければ、そちらの方が取り返しのつかない事態になってしまう。

「恐らく、父親の真吉さんは、息子さんに危険なことをさせたくなかったんだと思います。だけど、安全祈願をしたいという息子さんの気持ちも、無下にはできない。そこで、火花の出ない安全な石を渡していたんじゃないでしょうか」

美世の推察に、おとよは腰が抜けたように地べたに座り込んでしまった。

「あたしは、てっきりあの子がやってしまったんじゃないかと思って。これまで火花が出ていなかったのも、あの子が下手なだけだと思ってたんだよ。決まった石じゃないといけないなんて知らなかったから。それが今日、上手くいっちまったのかと」

おとよは涙を流していた。それはきっと、心からの安堵の涙なのだろう。

美世も思わず、大きめの溜息を漏らしていた。

……でも、安堵してばかりはいられない。

ふりだしに戻ってしまった。

なぜ、真吉の身体は突然燃えてしまったのか。

それは、誰の仕業なのか──それとも誰の仕業でもない事故なのか。

この事件は、まったくもって、解決の糸口すら摑めていないのだ。

当時、真吉の服は、燃えやすい状態だった。だから、小さな火種であったとしても、服が一気に燃え上がる状態になっていたはずなのだ。

それなのに、その小さな火種すら、見当たらない。

　すると、蘭太が眉間にしわを寄せながら、美世に声を掛けてきた。

「石の話で、思い出したことがある。いや、正確には思い出しておらず、うろ覚えのままなのだが」

「どういう話ですか？」

「世界には、地面に置いておくだけで勝手に燃え出す石があるという」

「石が、勝手に燃えるんですか？」

　にわかには信じがたい話だった。

「特殊な石らしい。名前は、『燐』」

「リン、ですか」

　その響きに、美世は何か引っ掛かりを覚えた。

「たいがい人間は、『石なんて燃えない』と思っているだろう。だが、それにもかかわらず石が燃えると、人々は非常に驚き、その驚きを記録しようとする。とはいえ、それは自分たちの知識では理解できない出来事だ。そのため、そのような不思議な石は、別の形で記録されることになる」

「『妖怪』として」

　美世は蘭太に代わるように言った。

　蘭太は、苦笑交じりに頷く。

「人魂や鬼火、狐火や不知火《しらぬい》など、火に関する妖怪の正体は、ありえない物が燃えていたとか、ありえない場所で燃えていたという出来事が基になっている。その中の一つに、勝手に燃える石があったと考えられる」

「妖怪の中に、燃える石の話が」

そう呟いたとき、ふと、以前こんな話を聞いていたことを思い出した――

「まぁ、昔は同胞たちもさんざん殺されてきたしなぁ。恨みを持った同胞が、憎き猫不要に取り憑くこともあるだろう。あれを食っちまうと、喉が焼けるような痛みに襲われるそうだ。だからだろうなぁ。猫不要は、青い炎のような燐光を放つときがあるんだよ。同胞の魂が、猫不要を置いた人間にも、喉が焼けるような同じ苦しみを味わわせようとしてなぁ」

――先日の、料理茶屋とを乃で起きた事件の折。旧鼠の次郎吉が話していたことだ。

この話を聞いたとき、美世はてっきり、「人間も猫不要を食べてしまって、喉が焼けるような痛みを味わって死ぬ」という意味なのだと思い込んでいた。

だけど、いま改めて考えると、それは可笑しいことに気付いた。

旧鼠は、同時にこんなようなことも言っていたのだ。

「猫不要なんかあったら、わしらは一匹残らずその家から去っておるわ。わしらは人間よりも頭が良いからな」

もし、猫不要がただの毒団子なら、家から全員が逃げ出す必要はないはずだ。頭が良いのなら尚更、毒団子を食べないようにすればいいだけなのだから。

何より、美世自身も、あのときこんなことを考えていた。

『猫不要が暗闇でぼんやり青く光るのは、怪談ではなく本当に起こるらしい――』

猫不要が光ることは知っていた。だけど、それがなぜ光るのかは考えていなかった。

ただ、そのことも次郎吉が言っていたではないか。

それは、『燐光』――燐が放つ光だと。

「猫不要、ですよ」

「なんだって？」

蘭太が弾かれたように美世を見た。

「猫不要は、暗闇の中で青白く光ることがあるんです。どういう理由かは知らないんですけど、その光は、『燐光』と呼ばれている」

「猫不要の主原料は、砒霜《ひそう》だ。だが少しばかり、別の毒物を混ぜ込んでいると聞いたことがある。それが燐なのか？」

「私も詳しくは解りません。だから、実際にやってみましょう。猫不要をボロ布に撒《ま》いて、それで火か出るのかどうか」

奇しくも、猫不要はすぐに手に入った。

お香がそれを売っているのだから、当然だ。

お香は、猫不要をまとめて仕入れ、良質なものと粗悪なものとを分けて、良質なもののみを売っていた。

言い換えれば、お香の手許《てもと》には、粗悪品が残っているということ。

美世は、求馬と蘭太にも協力してもらって、毛羽立っているようなボロ布に、その粗悪な猫不要を慎重に崩しながら、撒いていった。

そして、猫不要二個分を撒き終わったところで、求馬がそっとボロ布を持ち上げると、猫不要を撒いた面を挟むように折りたたんで、こすり合わせた。

次の瞬間、ボロ布から一気に炎が上がった。

猫不要に含まれている燐は、軽くこすり合わせただけで、激しく炎を発したのだ。

これが、もっと大量の猫不要だったら。

これが、油や酒の浸み込んだ服だったら。

これが、人間の顔の周りで起こったら。

人間の命は、確実に、失われる。

「お香さん。あなたが、これを仕掛けたんですね。猫不要を知り尽くしているあなたなら、もっと巧妙に、気付かれずに、真吉さんの服に仕込むこともできた」

「し、知りません。私、こんな、猫不要がこんな風に燃えてしまうなんて、まったく知りませんでした」

お香は美世の推察を否定してきた。

だが、本件の犯人はお香だと、美世には解っている。

「なら、どうしてお香さんは、ここに駆けつけたとき、真吉さんが『火を付けられて殺された』ことを知っていたんですか？」

「それは、私を呼びに来た方がそう伝えてしまったって、言っていたじゃないですか」

「いいえ、違います。使いの方は、あくまで『殺されてしまった』と伝えていたんです。『火を付けられた』とか『燃えた』という話は、まったく伝えていないんですよ」

そのことは、改めて使いの男にも確認していた。男は、誤解させたことをしきりに謝りながら、「これで間違いねぇです」と言い切っていた。

「そ、そんなことないですよ。何かの間違いです……」

「いいえ、間違いではありません。あの状況で、真吉さんが焼け死んだと断言できるのは、彼が焼け死んでいることを知っている人物だけ。あんな異常な殺され方を、現場を見ていないのに断言できるのは、それを仕掛けた下手人だけです」

「いいえ、いいえ。私はただ、猫不要を売っているだけです。それを撒くことなんて、誰にだってできるじゃないですか。おとよさんだって、幸吉にだって」

その名前を出した瞬間、この場の空気が一気に冷えた気がした。

だが、お香はそれに気付かないのか、言葉を続けた。

「そ、そういえば、幸吉は毎日、真吉さんが出掛けるときに、火打石を打っているんですよ。さっきは偽物の火打石でしたけど、実は本物の火打石を隠し持っていて、その火花のせいで父親が焼け死んだっていうこともあり得るじゃないですか！」

そんなことは、ありえない。

それは、ここに居るすべてのモノが、自信をもって断言できる。

川の中は河童が、陸の上は猫や人間や鼠たちが、しっかり隈なく探し回ったのだ。

その上で、本物の火打石などここにはないと、断言できるのだ。

人間と妖怪とが協力する美世たちだからこそ、そう断言できてしまうのだ。

求馬が、溜息交じりにお香に言う。

「それを言っちゃあ、お終いよ――」

いつになく低く重い声。

「子供のせいにして罪を逃れようなんざ、許されない。神妙に、お縄に付きな」

「ひっ！」

お香は短い悲鳴を上げて、求馬から逃げ出そうとする。その先には、長屋――真吉の住んでいた部屋があった。そこには、まだ幸吉が横になっている。

「待てっ！」

求馬がすぐに後を追いかけた。美世たちも後を追う。だが、前を駆けていた求馬が急に足を止め、逆に、じわじわと後ずさった。

部屋の入口から、ゆっくりとお香が出てくる。

「やめるんだ」

求馬が、一転して弱々しい声を漏らした。

お香は、幸吉を抱きかかえていた。見るからに怯え、固まってしまっている幸吉。

そんな幸吉の口元に、猫不要が近付けられていた。

「近付くんじゃあないよ。それ以上近付いたら、この子を殺す」

猫不要は、子供なら一舐めしただけでも命が危ない。口に触れただけでも危険だ。

幸吉は、あまりの恐怖に涙を流し、息が詰まって泣くこともできず苦しそうだった。

「やめろ、お香。そんなことをしても、罪が重くなるだけだ」

「そんな話は無駄さ。人を殺せば首を飛ばされる。あとは、そのまま死体が焼かれるか、市中に晒されるか、腑分けされるかの違いだけ。どうせ死ぬなら、足搔くだけ足搔いてから死んでやる。道を開けな！　こっちには毒があるんだよ！」

幸吉の口元に、猫不要がさらに近付けられる。

美世たちは、為《な》す術もないまま距離を取る。

それでも、少しでも隙があれば、きっと求馬が何とかしてくれるはずだ。

美世は、そんな期待を抱きながら、幸吉の様子を窺った。一瞬の隙でいい、何か動きがあれば、それだけでいいのに。

すると次の瞬間、幸吉の胸元から、ふいに小型の動物のようなものが飛び出した。

「ぎゃっ⁉」

お香が悲鳴を上げて仰《の》け反《ぞ》る。

何が起きているのか解らず、思わず美世たちも動きを止めてしまっていた。

その中で、唯一、激しく動き回るものがあった。

それは、人形だった。

幸吉がいつも大切に持っているという、母親の形見。

その人形が、まるで意思を持ったかのように、ひとりでに動き回っていたのだ。

そして人形は、狙いすましたかのように、お香が握っていた猫不要に当たった。と同時に、そこから青白い炎が上がる。

「いやあぁっ⁉」

お香が顔を仰け反らせ、幸吉の身体を手放した。その隙を求馬は逃さない。一気にお香との距離を詰め、勢いそのまま肩をぶつけ、お香を突き飛ばした。

求馬のすぐ後を追って駆けだしていた美世は、すかさず幸吉を抱きかかえて、お香から離れるように駆け抜けていく。

お香は、四つん這いになりながらも逃げようとしていた。だがすぐに求馬が追い付き、地面に突っ伏させるようにして、ひっ捕らえた。

六

お香は、すべてを諦めたように、動機を語った。

「真吉の作った細工を、こっそり盗んで、売っていたんだよ。けど、それが真吉に気付かれてしまって。真吉は、ここでやめればお役所には言わないって言っていたけど、そんなの信じられなかった。『盗みが一〇両を超えれば首が飛ぶ』――私が盗んだものは、積み重なって一〇両を超えていた。いつ訴えられて、殺されるかも解らない。そんな暮らしなんて耐えられなかった。私がどこに逃げたって、真吉が私を訴えると言ったら、そこで私の人生は終わる。だから、絶対に訴えられないように、殺すしかなかったんだよ」

それは、あまりにも自分勝手な動機だった。

確かに『一〇両以上盗めば、死罪』という定めはある。だが実際は、この定めを杓《しゃく》子《し》定規《じょうぎ》に適用するようなことはしていないのだ。

お金を盗まれた方も、いくら多額であったとしても、お金を盗られただけで相手の首が飛ぶとなると、自分は悪いことをしていなくとも寝覚めが悪くなる。そこで、地区の名主や長屋の家主などが仲介となって、奉行所や評定所に知らせることなく内々に処理したり、こっそり被害の金額を九両ほどに減額したりすることの方が、圧倒的に多いのだ。

それこそ真吉も、例によって内々に済ませようとしただけだったのだろう。それをお香は、勝手に疑心暗鬼になって、既に黙っている人を、口封じのために殺すしかないと思い込んでしまったのだ。

殺すための手段も、異様に慎重なところがあった。

お香は、猫不要を売っているので、これを使えば簡単に殺すことはできただろう。だが、猫不要の毒で殺してしまったら、すぐに自分が下手人だとバレてしまう。

そこで、猫不要に含まれている燐の性質を使って、焼き殺すことを考えたのだ。

お香は、詳しいことは知らなかったようだが、粗悪な猫不要は成分が分離して、毒が効きにくくなる代わりに、発火しやすくなるものがあることを知っていた。そこで、売り物にならないような粗悪な猫不要を使って、発火の仕掛けを作り出した。

こっそり真吉の服に猫不要の粉末を紛れ込ませることで、あわよくば勝手に発火してくれればよい。それが無理でも、猫不要を真吉の家に集めておくことで、何らかの火事に巻き込まれて事故死すればよいと、そのように仕向けていた。

そして、事件発生時には、お香自身は近くに居ないようにして。

あとは、焼死事件が起きるのを待つだけでいいのだと。

それが、いざ起きたそのときになって――

「火を付けられて殺された」と、口走ってしまったのだ。

※

「まさか、お美世が前もって、人形に妖怪を取り憑かせていたなんてなぁ。とんでもない策士じゃあないか」

求馬は、今回の事件を振り返るように、誇らしげにそう言った。

美世は、そんなことしていない。

周りの妖怪たちにも聞いてみたけれど、やはり誰も手出しはしていなかった。

あの人形は、ひとりでに動いて、自然に発火して、幸吉の危機を救ったのだ。

母親であるお玉が作った、忘れ形見。

これについて蘭太は、見るからに困惑しながらも、何とか説明付けようとしていた。

「母親の形見は、きっと、真吉や幸吉にとって、何よりも大切だったはずだ。とすれば、人形が鼠に齧られないよう、猫不要をどこよりも多く置いていたのだろう。となると、あの人形が自然に燃えたことも説明が付く、ということもあるとは思う」

蘭太の説明は、歯切れ悪く終わっていた。

それもそのはず。どれだけ『自然に燃えた』ことを説明できたとしても、『人形がひとりでに動いた』ことについては、まったく説明を付けられなかったのだから。

妖怪の仕業でもない。蘭学でも説明が付かない。

あれはいったい何だったのか、解らない……。

そう思った美世だが、すぐに首を横に振った。

……ううん。解ってる。

幸吉が、その正体を教えてくれていたように思う。

あの後、幸吉は、どこか嬉しそうに笑みを浮かべて、空に向かって手を振っていた。

人形が燃えて灰になった、その煙を追いかけるように。

だから、美世はこう考える――こう説明する。

あのとき、あの人形には、お玉の魂が宿っていたに違いない。

お玉が、お盆に帰ってきて、息子のことを守っていたのだ、と。

そう、あれは――

「妖怪の仕業じゃあない。あれは、人魂の仕業だったのね」

そう呟いて、美世は空を見上げた。

黄昏刻――まるで燃え上がるように赤く染まった、江戸の夕焼け空。

※

長い長い七月一六日も、日が暮れた。

夜の帳に覆われた本所深川に、送り火が焚かれている。それぞれの家に帰っていた先祖の霊たちが、精霊牛の背に乗って、ゆっくりと、あるべき世界に戻っていく。

真淵家の門戸の前でも、送り火が焚かれていた。

今日のことを思い出しながら、美世は思う。

……父さんも母さんも、私の近くに居てくれたのかな？

今年のお盆も、父と母の霊を見ることは、できなかったけれど。

……いいえ。きっと居てくれた。見えないだけで、居てくれたんだ。私たちは元気にやっているから、わざわざ声を掛ける必要もないだけ。

いつもなら、黄昏刻に送り返してしまっていた、先祖の霊たち。

今年は、夜の帳が下りるまで、この家でゆっくり過ごせていただろうか。

……任務で家に居ないことが多いのは、ごめんなさい。だけど、人のためになることをしろというのは、父さんが教えてくれたことでしょう。その教えを胸に、私も兄さんも元気に生きています。

……それが私の、精一杯の親孝行だから。

そう思いながら、美世は送り火を消した。

本所改・真淵家の屋敷が、闇に包まれる。

人間たちの時間が終わりを告げ――

今宵も、あやかしのための門戸が、開かれる。

本書は書き下ろしです。

この物語はフィクションです。作中に同一の名称があった場合でも、
実在する人物・団体等とは一切関係ありません。

【参考文献】

『怪異の民俗学2　妖怪』小松和彦責任編集（河出書房新社）
『怪異の民俗学3　河童』小松和彦責任編集（河出書房新社）
『境界の発生』赤坂憲雄（講談社学術文庫）
『新版遠野物語　付・遠野物語拾遺』柳田国男（角川ソフィア文庫）
『東都歳事記（1・2）』斎藤月岑著　朝倉治彦校注
（平凡社　東洋文庫159・177）
『絵解き　江戸の暮らしと二十四節気』土屋ゆふ（出版芸術社）
『江戸時代265年ニュース事典』
蒲生眞紗雄・後藤寿一・一坂太郎著　山本博文監修（柏書房）
『図説　江戸の司法警察事典』笹間良彦（柏書房）
『江戸学事典』西山松之助・郡司正勝・南博・神保五彌・南和男・竹内誠・宮田登・
吉原健一郎編集（弘文堂）

※その他、新聞、論文、インターネット上の記事等を参考にいたしました。

宝島社
文庫

本所深川奉行所
お美世のあやかし事件帖
（ほんじょふかがわぶぎょうしょ　おみよのあやかしじけんちょう）

2025年2月19日　第1刷発行

著　者　久真瀬敏也
発行人　関川誠
発行所　株式会社 宝島社
〒102-8388　東京都千代田区一番町25番地
電話：営業 03(3234)4621／編集 03(3239)0599
https://tkj.jp
印刷・製本　中央精版印刷株式会社

ISBN 978-4-299-06427-1